AF558095

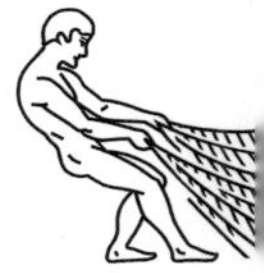

Ist es das Paradies, was uns erwartet? Ist es die Hölle? Sieben *Damen & Herren unter Wasser* erleben beides: des einen Himmel ist des anderen Inferno.

In der neuesten seiner *Spielformen des Erzählens*, die seit 1997 bei S. Fischer in loser Folge und gleicher Ausstattung erscheinen, stellt Christoph Ransmayr die *Bildergeschichte* in eine Reihe, in der er bereits *Festrede, Tirade* oder *Verhör* als Varianten* einer ebenso vergnüglichen wie vielschichtigen Prosa vorgeführt hat. Diesmal erzählt er zu den Unterwasserfotografien von Manfred Wakolbinger die Verwandlungsgeschichten von sieben, allein durch ihre Wasserscheu verbundenen Damen und Herren, die sich eines Tages als Meerestiere in der Tiefsee wiederfinden.

* *1997: Die Dritte Luft oder Eine Bühne am Meer*
2000: Strahlender Untergang – Ein Entwässerungsprojekt oder Die Entdeckung des Wesentlichen
2001: Die Unsichtbare – Tirade an drei Stränden
2002: Der Ungeborene oder Die Himmelsareale des Anselm Kiefer
2003: Die Verbeugung des Riesen – Vom Erzählen
2004: Geständnisse eines Touristen – Ein Verhör
2007: Damen und Herren unter Wasser – Eine Bildergeschichte nach 7 Farbtafeln von Manfred Wakolbinger
2010: Odysseus, Verbrecher – Schauspiel einer Heimkehr
2011: Der Wolfsjäger – Drei polnische Duette
2014: Gerede – Elf Ansprachen

Christoph Ransmayr

Damen & Herren unter Wasser

Eine Bildergeschichte
nach 7 Farbtafeln
von Manfred Wakolbinger

S. Fischer

Unterwasserfotografien: Manfred Wakolbinger, 2003

2. Auflage Februar 2017

Satz: Pinkuin Satz und Datentechnik, Berlin
Druck und Bindung: CPI books GmbH, Leck
Printed in Germany
ISBN 978-3-10-062937-1

Anna, Manfred!

Wie katastrophal wäre die Bauruinenzeit
in diesem staubigen Jahr 2007 wohl geworden
ohne eure Gastfreundschaft?
Beschenkte bedanken sich gelegentlich
mit einer Rede.
Hier ist eine Geschichte.

Brief aus der Wüste

Während draußen eine auf Kamelen schaukelnde Touristengruppe die ersten beiden Stunden des alten, einst sieben oder auch zehn Wochen dauernden Karawanenzuges von M'hamid nach Timbuktu probeweise erleidet, sitze ich in der kühlen Lounge einer Kasbah und denke über Unterwasserwesen nach: über leuchtende, durchsichtige oder ihre glühenden Farben und bizarren Formen sekundenschnell wechselnde Meeresbewohner. Fotos dieser Aliens liegen in geordneter Reihe vor mir auf dem Tisch.

Einige von uns werden sich wohl noch an Schulaufgaben erinnern, die der Förderung der Vorstellungskraft dienen sollten und darin bestanden, Geschichten zu Bildern zu erfinden, die etwa auf einem vom Lehrer vor der Tafel entrollten Plakat aus dem *Lehrmittelkabinett* zu sehen waren – Szenen aus einem mehr oder weniger dramatischen Alltag, vielleicht auch bloß eine Porträtaufnahme, ein Stilleben oder die Darstellung einer von Nebelkrähen besetzten, winterlich leeren Baumkrone.

Gemessen an diesen Übungen unter strenger Aufsicht war die Aufgabe, die ich mir mit den *Damen & Herren unter Wasser* gestellt habe, natürlich leichter: keine Alltagsszenen, keine Zeitvorgabe und zunächst auch keine

Benotung, sondern allein die von meinem Freund Manfred Wakolbinger in verschiedenen tropischen Meeren aufgenommenen Fotografien von Aliens, so fremd wie Besucher aus den Tiefen des Alls.

Das vorliegende, siebente Beispiel einer den *Spielformen des Erzählens* gewidmeten Reihe von schmalen hellgrauen, seit 1999 in loser Folge erscheinenden Bändchen soll den Typus jener Bildergeschichte noch einmal vorführen, die einigen von uns in ihren Schuljahren Plage oder kindliches, vielleicht sogar kindisches Vergnügen war. Diese Möglichkeiten bestehen für Erzähler *und* Zuhörer oder Leser immer noch. Selbstverständlich auch im folgenden Beispiel.

M'hamid/Marokkanische Sahara,
im Frühjahr 2007 CR

Die Damen, die Herren:

Herr Blueher	Erzähler, Ex-Museumswärter *(Großflossen-Riffkalmar Sepioteuthis lessoniana)*
Herr Reddish	Ex-Wasserbettverkäufer *(Imperialgarnele Periclimenes sanguineus)*
Frau Horange	Ex-Schwimmlehrerin *(Kronenqualle Netrostoma sp.)*
Herr Blackthorn	Ex-Installateur *(Geisterpfeifenfisch Solenostomus paradoxus)*
Frau Whitey	Ex-Ministerin *(Flohkrebs Cyproidea hopalac)*
Frau Purpleheart	Ex-Schönheitskönigin *(Rotlippen Fledermausfisch Ogocephalus darwini)*
Herr Greenfinch	Ex-Dammbauer *(Nacktschnecke Elysia ornata)*

Drei Herzen … Ich trage drei Herzen in meiner Brust, was sage ich: in meinem Kopf! Drei pochende Herzen.

Wenn ich wütend oder begeistert bin, schlagen diese Herzen allerdings nicht schneller als sonst, und ich erbleiche oder erröte auch nicht vor Angst oder in Verlegenheit, sondern meine Möglichkeiten, einen Gemütszustand sichtbar werden zu lassen, umfassen ein breit gefächertes Farbenspiel, das auf meiner Haut erscheinen und innerhalb von Sekunden wieder verblassen kann, ja mir sogar erlaubt, unsichtbar zu werden, indem ich die Farben und Strukturen meiner Umgebung annehme, nach*spiele*: das Wehen eines von sanften Strömungen bewegten Seeanemonenfeldes etwa; die fliegenden Schatten der Wellenkämme auf dem Sandgrund einer Lagune oder die scheckigen Muster muschelbesetzter Riffe …

Außerdem – auch wenn gerade diese Behauptung für einen möglichen Neider ein bißchen großspurig klingen mag – ist mein Blut nicht rot, sondern von einem schwärzlichen Blau: Ich bin blaublütig! – allerdings gefangen im Körper eines Kalmars, genauer: eines Großflossen-Riffkalmars. Und wer beneidet schon einen Kalmar.

Obwohl längst Kiemen- und kein japsender Lungenatmer mehr, denke ich immer noch und manchmal ein bißchen wehmütig an sommerliche Brisen, die bloß streicheln, was auf ihrem Weg liegt …, an Böen, die jedes Hindernis zerreißen wollen …, auch an Passatwinde, die ganze Flotten vor sich herzutreiben vermögen und selbst von einem Orkan nicht in ihrem Gleichmut zu stören sind … Seltsamerweise sind es immer wieder die Lüfte, der Wind, meine Erinnerungen an die wirbelnden, heulenden oder ruhig dahinfließenden Strömungen der Atmosphäre, die mich hier, in meiner nahezu luftlosen Tiefe, immer noch beschäftigen und bewegen:

Vielleicht ist es auch bloß eine Art Heimweh, daß ich an die *Oberwelt* denke, wenn submarine Driften an meinen Fangarmen und Tentakeln ziehen, mich davontragen und mir so bei meinen Fischzügen behilflich oder hinderlich werden. Noch der schwächste Wasserwirbel, den der Flossenschlag einer vor mir flüchtenden Beute aufrührt, ruft mir eine ultramarine Heimat in Erinnerung, die unter ziehenden Wolken oder dem nackten Blau des Himmels liegt, ausgesetzt, gefächelt oder zerstört von den unsichtbaren Kräften des Windes.

An die meisten meiner luftigen Erinnerungen ist allerdings die immergleiche Frage geknüpft, welche Kräfte es wohl waren, die mich, einen atmosphärisch gebundenen Lungenatmer, in mein gegenwärtiges Leben hinabzogen, in die Meerestiefe und mich dort in eine schwimmende, schwebende Gestalt zwangen, die mir bis dahin nur aus der Zoologie, von Speisekarten in Fischrestaurants, aus dem verlotterten Aquarium meiner Heimatstadt oder von meinem einzigen, am Strand einer kanarischen Insel unternommenen Schnorcheltauchgang bekannt (oder eigentlich: unbekannt) war. In eine Gestalt, die meinem plötzlich verlorenen menschlichen Körper in seiner Erscheinung, seiner Funktionsweise, seinen Lebensbedingungen …, kurz: in allem widersprach.

Ich glaubte lange Zeit, daß diese Art einer Verwandlung, die mir ein ganzes Luftweltleben lang höchstens als Traum oder als Wahnvorstellung eines Verrückten denkbar erschienen war, nur mich allein getroffen hätte und ich also mit meinem Schicksal allein, ganz allein wäre. Erst seit ich mich dem Rätsel meiner Metamorphose nicht mehr als Verbannter, Ausgelieferter oder Leidender, sondern mit der Hingabe und Neugier eines Forschers zugewandt habe, weiß ich, daß ich weder allein noch verrückt bin. Und ich träume auch nicht.

Manchmal beginnt mir meine Verwandlung schon ebenso selbstverständlich zu erscheinen wie die Aufeinanderfolge der Lebensphasen etwa eines Insekts, das aus seinem Ei schlüpft und dann in gelassenem Wechsel die Gestalt einer reglosen, wie für immer in der Erde begrabenen Mumie annimmt, dann zur seidenhaarigen oder borstigen, vielbeinigen und immer noch höchst erdgebundenen Raupe wird, um sich schließlich als prachtvoller oder auch unscheinbarer, wie im Glücksrausch gaukelnder Schmetterling in die Luft zu erheben und alles Vertraute unter sich zurückzulassen.

Ich war …, ich war ein alleinstehender, kinderloser, von unkontrollierbaren Schweißausbrüchen geplagter, oft übellauniger Museumswärter, der sich weniger für die Menschen selbst als vielmehr für ihre Werke begeistern konnte – beispielsweise für die traumverlorenen Weltlandschaften der flämischen Malerei des frühen 16. Jahrhunderts:

Jawohl!, diese bläulichen, auf Eichenholz- oder Kupferplatten gemalten Landschaften, deren Horizont manchmal von einem unvergleichlichen Schimmer erhellt war, einem Glanz, unter dem ich stets ein bloß erahnbares, noch gänzlich unsichtbares Meer vermutete …, diese Landschaften machten mich, ich weiß kein anderes Wort, glücklich. Ich war ein Bewunderer dieser Werke.

Nun bin ich ein Bewohner dieses fernen Meeres, und mein Lebensraum reicht über türkise, grüne und ultramarinblaue Tiefen und Untiefen bis in jene lichtlose Schwärze hinab, in der organisches Leben wohl ähnlich selten vorkommt wie in der nach Lichtjahrmilliarden gemessenen Weite eines nahezu leeren Weltraums. So schwimme und schwebe ich also, ein zehnarmiges Weichtier, vielleicht irgendwo in der Mitte zwischen den nahezu unendlich kleinen und nahezu unendlich großen Ordnungen einer insgesamt ziemlich unerforschten, rätselhaften Welt.

Mein Name *war* Blueher, *der liebe Herr Blueher*, wie der Direktor meines Museums zu säuseln pflegte, wenn ich wieder einmal freiwillig den Sonn- oder Feiertagsdienst eines Kollegen übernehmen sollte. Daß ich nun über zwei Fang- und acht, mit Saugnäpfen bestückte Greifarme verfüge, über drei Herzen, in denen schwarzblaues Blut pulst, und Gedanken und Gefühle auf der Haut tragen kann, erscheint mir manchmal weitaus bemerkenswerter als die pure Tatsache meiner Verwandlung: Ein Mensch namens Blueher, sozusagen bloß emigriert, nein: katapultiert in eine andere Gegend dieser Welt und dabei mit neuen Begabungen und einer neuen Gestalt ausgestattet, ist schließlich nicht allzu weit von jenem Auswanderer entfernt, der es auf seinem Weg unter Umständen ja auch vom Nichtsnutz, Versager oder Sträfling zum Gouverneur oder gar Präsidenten einer sogenannten Großmacht bringen kann. Eben noch Museumswärter. Jetzt Riffkalmar. Ein Wunder?

Natürlich erschien mir am Anfang besonders seltsam, daß ausgerechnet ich, ein ehemals notorisch wasserscheuer Nichtschwimmer, der Bassins, Teiche, Seen, Flüsse, ja überhaupt alles Wasser am liebsten bloß als Ahnung oder als lautloses Farbenspiel auf Ölbildern und Aquarellen sah, zum Kalmar werden mußte. Als Museumswärter hatte ich ja ein unsichtbares, tief unter dem Horizont bläulicher Landschaften liegendes Meer bloß vor der allzu aufdringlichen Neugier und Nähe der Menschen zu schützen. Diese Aufgabe war über 32 pensionswichtige und nun versicherungstechnisch ungültig gewordene Jahre nicht immer leicht. Aber ich habe sie erfüllt.

Immerhin habe ich es – auf eine Weise nicht unähnlich der Veredlung einer borstigen Larve in ein flugfähiges Prachtwesen – vom Museumswärter zum Forscher *geschafft*, zum Forscher! Oder gibt es eine bessere Bezeichnung für einen, der versucht, über sich selbst und seinesgleichen, über sein Woher und Wohin, über seine Entwicklung, seine Verwandlungen und die natürlichen Gesetze seiner Welt so viel in Erfahrung zu bringen, wie sich nur in Erfahrung bringen läßt?

Forscher also. Ein Forscher in Gestalt eines Riffkalmars, der sich allerdings nicht mehr an irgendein, auf Meßwerte und Datenflüsse versessenes akademisches Publikum wendet, sondern bloß an sich selbst: Ich schwebe und schwimme Spuren und Verweisen nach und erzähle mir meine Welt dabei noch einmal und neu, bin Sprecher und Zuhörer zugleich, Lehrer und Schüler … Denn Riffkalmare sind – ausgenommen natürlich in orgiastischen Brautzeiten mit ihren in massenhaftem Neben- und Untereinander vollzogenen Paarungen – Einzelgänger.

Aber Brautzeiten gelten nicht für mich. Denn obwohl meine Gestalt nun die eines Kopffüßlers ist, gehören meine Gedanken, mein geistiges Vermögen offensichtlich nicht – oder noch nicht – zu meinem Körper. Dafür treibe ich allerdings auch nicht wie meine Artgenossen nach dem Rausch einer Paarung rasch auf das Ende zu und sinke schließlich, kaum ein Jahr nach dem Ausbruch aus einem gallertigen Ei, bleich, weiß, aller Farben beraubt, unwiderruflich zum Grund hinab, sondern meine Lebenszeit ist, wenn auch gewiß nicht unbeschränkt, so doch zumindest ungewiß. Ich habe mittlerweile schon mehr als ein Dutzend Kalmargenerationen alle Farben verlieren und kalkweiß zugrunde gehen sehen. Vielleicht wird sich aber auch das noch ändern im Verlauf meiner Integration und die Zeit sich meiner gegenwärtigen Art gemäß dehnen, bis mir die 365 und dann wohl für immer vergessenen Tage eines Luftweltjahres als langes, erfülltes Leben erscheinen werden. Steht mir die vollkommene Anpassung an das Leben eines jagdfreudigen Riffkalmars und Einzelgängers erst bevor? Oder heißt es Einzel…schwimmer? Welches Wort ist das richtige?

Schon in einem sehr frühen Stadium meiner Nachforschungen mußte ich erkennen, daß Worte für mich an Bedeutung zu verlieren begannen, so, als ob ich

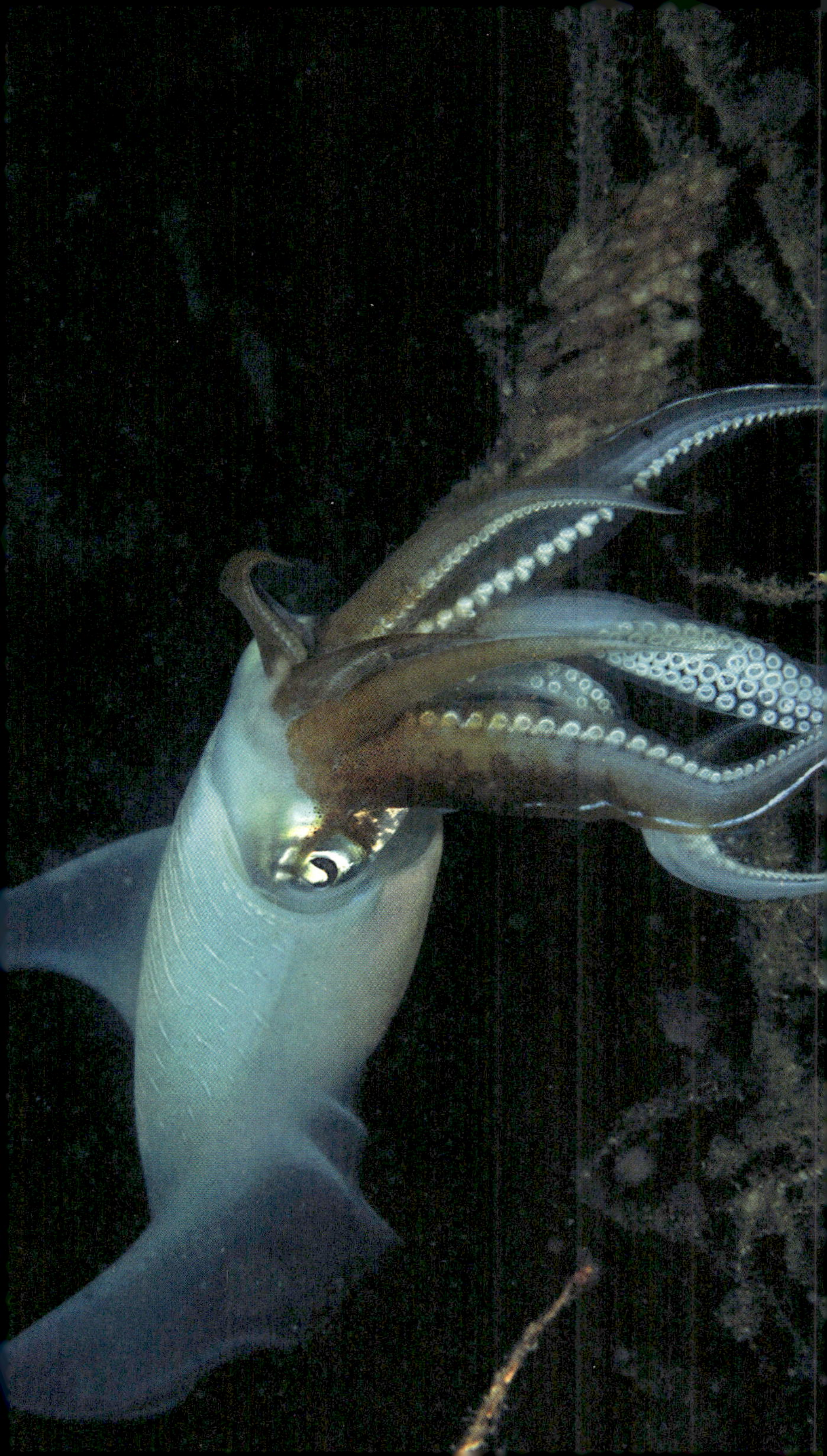

Herr Blueher: »Seit ich mich dem Rätsel meiner Metamorphose nicht mehr als Leidender, sondern mit der Hingabe und Neugier eines Forschers zugewandt habe, weiß ich, daß ich weder allein bin noch verrückt. Und ich träume auch nicht.«

die Sprache meines früheren Lebens oder irgendeine mühsam erlernte, selten benützte Begrifflichkeit Wort für Wort wieder vergessen und Wort für Wort ersetzt werden müßte von bloßen Signalen und Zeichen, vom Farbenspiel etwa, das über meine Haut huscht und dabei einmal die Schattierung des Grundes, über den ich hinweggleite, annehmen kann, dann wieder die Farben eines Korallenstocks, in dem sich ein Zebrafisch vor mir verstecken will, meine Beute.

Aber was heißt *schwimmen*?, was *gehen*?, was *hübsch*? Gelegentlich sind mir die wechselnden Farben meiner Haut und ihre Bedeutungen bereits näher, viel näher als die Silben einer Sprache, die sich allmählich auflösen in jenem symphonischen, bloß die oberen Wasserschichten durchdringenden Geräusch, mit dem sich die Dünung an den Riffen bricht und die gebrochenen Wellen Steine gegen die Küstenlinie schieben und rollen, bevor der Sog des zurückströmenden Wassers alles Schwemmgut wieder mitnimmt und fallen läßt, hinab in die Tiefe.

Manchmal wird mir, was einmal Sprache war, bloß zum nackten Geräusch. Dann versuche ich, mir meine Geschichte oder zumindest Teile davon in Geräuschen zu erzählen, die unhörbar bleiben für die Ohren von Luftweltlern und natürlich auch unverständlich gemäß jeder Logik, der mein Leben einmal folgte.

Das Wort *hübsch*, nur ein Beispiel, war damals vor allem mit menschlichen Gesichtszügen verbunden, den Beinen, der Figur einer Museumsbesucherin etwa, die an großformatigen Bildern oder *meinen* auf Eichenholztafeln gemalten Landschaften vorüberschlenderte, ohne mich je neben einem der Hydrographen zu bemerken, diesen verfluchten, von der Direktion strategisch postierten Geräten! Unablässig kritzelten sie mit ihren filigranen, mit schwarzer Tinte gefüllten Metalltentakeln den Anstieg oder das Nachlassen gefährlicher Luftfeuchtigkeit auf Meßpapierrollen und protokollierten so auch jeden meiner Schweißausbrüche. Aber was sollte ich tun? Ihre Standorte waren dämmrige, vom unbarmherzigen Licht der Bildergalerie einigermaßen verschonte Winkel und boten einem, der tropfte, zerrann, wenigstens Schutz vor den kühlen oder erstaunten Blicken kunstfreundlicher Hübschlinge.

Und jetzt? Jetzt, beginnt sich meine Erinnerung immer öfter mit Geräuschen wie *schsch, übsch, hübsch* zu verbinden und der Sinn dieser Zischlaute mit der vollendeten Form und Anordnung von Saugnäpfen oder dem heiteren Schwung von Tentakeln. *Übsch, schsch, hüübsch!*

Nur in meinen Träumen, wenn eine sanfte Strömung mich in eine Art Trance als erholsamen Ersatz für meinen alten Schlaf wiegt – und seit neuestem auch in meinen wissenschaftlichen Betrachtungen! –, kehrt vieles noch einmal zurück, Worte, auch Namen aus meinem Leben vor der Verwandlung und dem Weg in die Tiefe. Dann kann es durchaus geschehen, daß mich über Stunden ein verzehrendes Heimweh nach der Oberwelt plagt. Manchmal bin ich dann sogar den Tränen nahe. Aber ein Kalmar kann nicht weinen.

Wenn ich in jenen Zeiten, in denen ich noch im Schmuck einer tiefblauen, aber schweißtreibenden Uniform flämische Traumlandschaften und mit feinsten Marderhaarpinseln gemalte Paradiesgärten bewachte, geahnt hätte, daß Meerwasser, Salzwasser, Tränenwasser! einmal zum Medium meiner Existenz werden würde …

Ich hätte schon die bloße Aussicht darauf für den Weg zur Hölle gehalten. Obwohl ich weiß, daß Erinnerungen selbst an die schlimmsten Qualen irgendwann blaß und erst wieder deutlich zu werden beginnen, wenn die Tortur von neuem droht, habe ich doch zu keiner Zeit und in keiner Gestalt meines Lebens vergessen, wie sehr ich an der Luft unter plötzlichen Wallungen, unbeherrschbaren Schweißausbrüchen, ja geradezu Verflüssigungen gelitten habe.

Es war diese Heimsuchung, die mich am Ende dazu brachte, nicht nur Schweiß und Tränen, sondern alles, was flüssig war oder sich bloß zu verflüssigen begann, zu hassen. Ich habe schon als Kind an diesen Schweißausbrüchen gelitten, aber erst in den Sälen und Gängen des Museums gewannen sie eine solche Macht über mich, daß mir schadenfrohe Kollegen gelegentlich *Ahoi, Wassermann!* zuriefen. Was für ein hoher Preis für meine Liebe zur Malerei! Aber ich habe ihn bezahlt, weil mir die Tafelbilder einer geradezu mikroskopisch fein schaffenden Kunst damals als die wahren Fenster zur Wirklichkeit erschienen: hinaus in eine Welt, die sich in unerforschlichen, vom Widerschein eines allgegenwärtigen und doch unsichtbaren Ozeans erhellten Weiten verlor.

Aber ausgerechnet vor diesen Bildern, den, wie mir damals schien, schönsten und friedvollsten Werken menschlicher Vorstellungskraft, bedrängten mich Touristen, Kunstfreunde, Flaneure mit ihrem ahnungslosen Interesse oder mit überflüssigen Fragen und drängten mich Tag für Tag (Montag, Schließtag, natürlich ausgenommen) an die Wände meines Saales und dort immer wieder in die Nähe eines Hydrographen. Und ungerührt von meiner Not, verrieten diese verfluchten Geräte jedesmal einen dramatischen Anstieg der Luftfeuchtigkeit, ja lösten gelegentlich sogar einen von Konservatoren, Restauratoren und anderen unerbittlichen Bewahrern programmierten *Feuchtigkeitsalarm!* aus. Aber in der massierten Nähe von Menschen überfielen mich jedesmal Schweißausbrüche, Schweißüberflutungen, gegen die ich machtlos war und blieb. Im günstigsten Fall konnte ich flüchten und im Versteck einer Personaltoilette abwarten, bis diese Flut aus meinem Inneren verdampfte und mein glänzendes, überströmtes Gesicht getrocknet und ohne Peinlichkeit wieder vorzeigbar geworden war.

Diese Schweißausbrüche! Was habe ich in der Luftwelt geschwitzt! Ich begann zu tropfen, ja zu sprühen, wenn mir jemand zu nahe kam oder ich bloß einen prüfenden Blick auf meiner Wärteruniform – oder gar auf meinem Gesicht spürte. Aber ich zerrann nicht bloß im Museum. Meine Wallungen überfielen mich überall, wo ich der Nähe von Menschen ohne einen Fluchtweg ausgesetzt war: in Autobussen, in der U-Bahn, während meiner ohnedies selten und immer seltener werdenden Konzert-, Theater- oder Kinobesuche, in Läden, in denen sich Verkäufer um mich bemühten und mir am Ende keine Wahl mehr ließen und ich ein neues Kleidungsstück auch noch anprobieren, eine Frucht kosten oder mir die Vorzüge eines Gerätes erklären lassen mußte, kurz: in jeder Sekunde, in der eine Entscheidung zu treffen war oder ein prüfender, erwartungsvoller, sogar ein freundlicher Blick zu ertragen … Ich schwitzte.

Ich schwitzte. Tropfte. Zerrann.

Aber so brennend mein Durst durch diesen Wasserverlust auch werden konnte, die Gier nach Getränken, schmelzenden Eiswürfeln oder selbst einer Handvoll

Schnee – begann ich doch, in jeder Flüssigkeit Schweiß und damit eine Bedrohung zu sehen. Selbst reinstes Quellwasser war davon nicht ausgenommen. Wein, Schnaps, Kaffee, Tee betäubten meinen Widerwillen zwar spürbar, beseitigten ihn aber nicht. Ich konnte niemals vergessen, daß, was meine Kehle hinabkroch, meinem eigenen verhaßten Schweiß ähnlich war.

Manchmal frage ich mich, warum ich selbst in meiner kühlen, abgeschiedenen Meerestiefe so lange brauchte, bis ich endlich auf den Gedanken kam, daß dieser Haß auf einen bloßen Aggregatzustand vielleicht in einem Zusammenhang stand mit der Metamorphose meiner alten, ausgedienten Gestalt. Aber es bedurfte tatsächlich mehrerer Wiederbegegnungen mit ehemaligen Artgenossen – Menschen, Flaschentauchern, die in Wolken aus Atemluftblasen in meine neue Welt herab- und am Ende ohne die leiseste Ahnung von meinem Schicksal auch wieder emporschwebten –, bis auf meiner Haut die erste, meine Verwandlung betreffende Vermutung als diffuse Mischfarbe erschien.

Ich weiß nicht mehr, wann es zum erstenmal geschah, aber irgendwann wurde mir ausgerechnet in der gefährlichen, blubbernden Nähe eines Tauchers bewußt – er stieß wie ein Reiter seine Lanze eine Harpune vor sich her –, daß mir die Meerestiefe auf eine noch unerklärliche Weise nicht bloß zum Lebensraum, sondern auch zum Medium geworden war, das mir die Gedanken von Tauchern, meinen verlorenen Artgenossen, übermitteln konnte. Vielleicht, so dachte ich damals und verfärbte mich aufgeregt: über eine Spielform der Telepathie?

Möglicherweise geschah diese Übermittlung aber auch

bloß ähnlich der Fortpflanzung von Schallwellen in der Lufthülle der Oberwelt. Oder glich sie den nahezu unendlichen, der Krümmung des Raumes folgenden Wegen des Lichts durch das Vakuum des Alls, Wellen, die selbst einen Abgrund von Abermilliarden Lichtjahren zu überbrücken vermochten? Wie ein Astronom in seinen Spektralanalysen uralte, aus anderen Welten kommende Lichtbotschaften entschlüsselt, begann ich in den Köpfen der Taucher zu lesen! Manchmal zwar nur Bruchstücke, zerrissene, zu submarinem Lärm verrauschende Sätze, Worte, Begriffe, aber ich las.

Als erstes Ergebnis dieser Fähigkeit erfuhr ich beispielsweise den Namen meiner neuen Art. Meinen wahren Namen. Es geschah, als mich an einem strahlend grünen Tag in geringer Tiefe ein aufgeregter Taucher mit seiner wasserdichten, klobigen Kamera umkreiste und dabei das Objekt seiner Begierde so freudig wie lautlos benannte: *Ein Großflossen-Riffkalmar!, ein Riffkalmar!*

Daß der Gedanke des Fotografen dann auch noch das Wort *schön* enthielt, *was für ein schönes Exemplar!*, schmeichelte mir zugegebenermaßen, ja machte mich sogar ähnlich verlegen wie einst das Lob meines Direktors oder die Anerkennung meiner Kenntnisse durch einen Museumsbesucher, der sich fragend an mich gewandt hatte. (In Wahrheit waren meine prompten Antworten ja bloß das einzige Mittel, einem aufsteigenden Schweißausbruch zu entkommen, indem ich einen Frager so schnell wie irgend möglich in die weitere, um ein paar kunstgeschichtliche Auskünfte im Telegrammstil bereicherte Betrachtung eines Gemäldes zurückschickte.)

Meine Freude, die Freude eines Riffkalmars über das Kompliment eines Tauchers, dessen Sauerstoffvorrat offensichtlich bereits zur Neige ging (wie aus der Hektik, mit der er seine Kamera bediente, zu schließen war), wurde aber augenblicklich gedämpft, ja verwandelte sich in tiefe Niedergeschlagenheit, als alle meine Versuche, mich dem Fotografen als denkendes, empfindendes Wesen, als seinesgleichen, als *Ehemaliger!* bemerkbar zu machen, ohne den geringsten Erfolg blieben.

Ich machte dem Mann Zeichen mit allen Armen und Tentakeln, ich schrieb Buchstaben, ganze Sätze, soweit es meine Erregung noch zuließ, in die blaue Tiefe. Am Ende fuchtelte ich vor seiner leicht beschlagenen Brille sogar *SOS. SOS!* Ich tanzte, bettelte um sein Verständnis, versuchte, ihm vorzuführen, daß, was einmal mein Sprachvermögen gewesen war, nun darin bestand, die Farben seines Taucheranzugs, seiner Sauerstofflaschen, ja selbst seiner Augen auf meiner Haut als wehende Regenbögen erscheinen zu lassen, farbenfrohe Reflexe auf seine Anwesenheit. Ich gestikulierte *so verstehen Sie doch, um Gotteswillen, verstehen Sie doch! Ich bin einer der Ihren!*

Aber er – er freute sich offensichtlich nur an der unerklärlichen Zutraulichkeit eines mit allen Armen winkenden Riffkalmars, dachte an die Vervollständigung seiner Sammlung von Diapositiven, die er der *phantastischen Vielfalt* des submarinen Lebens gewidmet hatte, dachte dann auch an den neuesten Lichtbildervortrag im Kreis seiner Freunde – und drückte begeistert den Auslöser.

Monate nach diesem niederschmetternden Erlebnis wich meine Untröstlichkeit allerdings einer Neugier, die zur Voraussetzung meiner Forschungen werden sollte, als mir ausgerechnet die vergebliche Jagd nach einer Netzmuräne dazu verhalf, einen Schicksalsgefährten zu entdecken.

Einen Gefährten! Ich hatte tatsächlich einen, (und wie ich nach und nach erfahren sollte) mehrere, ja vielleicht zahllose Gefährten in der Tiefe, die mein Schicksal teilten. Diese erste aus einer Reihe weiterer Entdeckungen befreite mich zwar nicht völlig von meinem Trübsinn, ließ mich aber immerhin zum Forscher auf der Suche nach meinesgleichen werden und beförderte damit auch ein neues Bild meiner gegenwärtigen Welt.

Natürlich fehlt mir bis zum heutigen Tag noch vieles, was die Einsicht in die Naturgesetze meiner Verwandlung betrifft, aber wie jeder Forscher bin ich sicher: Auch dieses Rätsel ist zu lösen – wenn nicht in den hellen Regionen dicht unter der Wasseroberfläche, in denen manchmal auch der Zug der Wolken noch als ruhiges Lichtspiel erscheint und die Schatten von Schiffen ihrem Ziel entgegenhuschen, dann wenigstens in der Dämmerung oder gar in den lichtlosen Abgründen der Tiefsee. Ein Kalmar – ich! – vermag schließlich Druckverhältnissen standzuhalten, die etwa einen vom Tiefenrausch benommenen, auf der Jagd nach fliehender Kamerabeute leichtsinnig gewordenen Tauchurlauber womöglich schon an seinem ersten Ferientag am Meer töten würden.

Auf den ersten meiner Schicksalsgefährten wurde ich durch eine Serie von Flüchen aufmerksam, Schimpfworten, die so lautlos wie unmißverständlich durch das unbewegte Wasser einer Bucht in mein Gehirn drangen: menschliche Worte!

Ich schwebte damals, es war kurz vor Anbruch der Nacht, die sich aus der Oberwelt auch auf uns herabsenkte und die Schwärze des Sternenhimmels mit je-

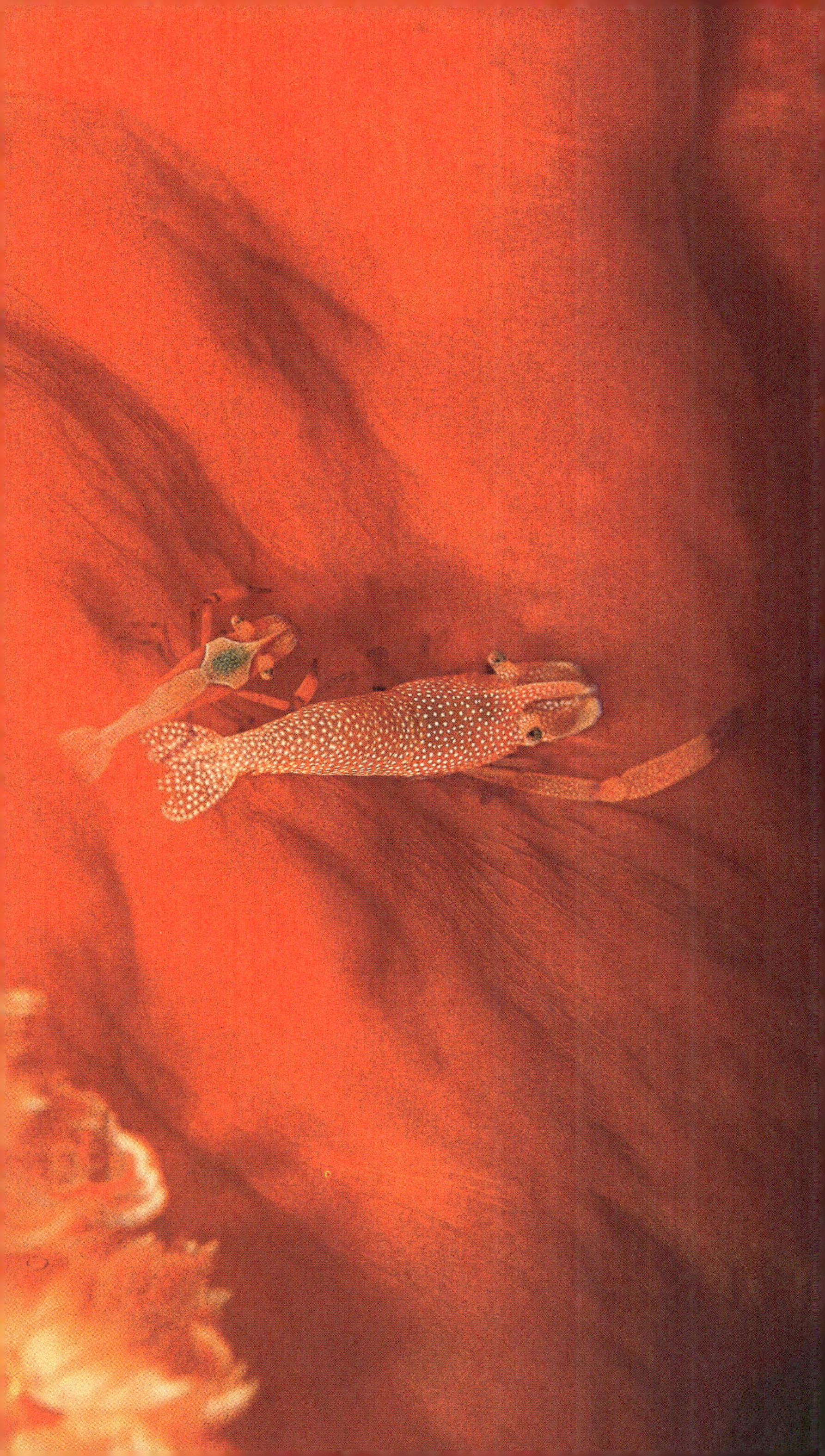

Herr Reddish hat dort oben manchmal in Frauenkleidern vor dem Spiegel seines Schlafzimmers posiert und ist hier unten ganz verliebt in den Gedanken, sein weiß gepunkteter, prachtvoller Panzer sei der rote Hochzeitspanzer eines Weibchens.

ner der Tiefsee allmählich ineinanderfließen ließ, dicht über dem Grund einer von Schiffstrümmern übersäten Bucht, offensichtlich den Resten eines torpedierten Zerstörers irgendeiner namenlos gewordenen Kriegsmarine, scheuchte dabei eine Netzmuräne auf und versuchte vergeblich, sie in die Enge eines von Muscheln und Korallen überwachsenen Geschützstandes zu jagen, als ich plötzlich *Vorwärts, blöder Gallertfetzen!* aus dem Dunkel unter mir zu vernehmen glaubte, *mach doch endlich, alter Trampel, oder willst du verhungern?*

In Erwartung, im nächsten Augenblick auf einen mit schwächlichen Lampen ausgestatteten Nachttaucher oder Harpunier zu stoßen, der die Ängste einer erstmals durch die Finsternis schwimmenden Begleiterin wütend zu zerstreuen versucht, ließ ich von der Verfolgung der Muräne ab, sah mich nach einem menschensicheren Versteck um, drehte meinen Kopf nach allen Richtungen und beschrieb dabei mit meinen Fangarmen einen Kreis, etwa einem Kettenkarussell ähnlich, das in Zeitlupe rotiert. Ich konnte jedoch keine Menschenseele in meiner Tiefe entdecken. Hörte dann aber wieder: *Beweg dich, verdammte Scheiße, siehst du die Planktonwolke backbord nicht?, los, los!, Herrgottnochmal!, fette Sau.*

Was ich schließlich aus einem klaffenden Explosionsriß in der Panzerung des Zerstörers hervorkriechen sah, war aber bloß eine riesige, knallrote Nacktschnecke, die gemächlich auf den tiefen, nur einem nachtaktiven Wesen noch erkennbaren Schatten eines Korallenbaumes zukroch und Anstalten machte, dort ein wenig zu rasten. Im Faltenwurf ihres gallertigen Mantels krallten sich zwei Garnelen fest, Imperialgarnelen, wie meine Forschungen noch ergeben sollten. Beide waren vom gleichen leuchtenden Rot wie die ihnen als Wirts- oder Transporttier dienende Schnecke, deren Namen ich aus dem Kopf eines dicken Flaschentauchers bereits kannte: eine Spanische Tänzerin! Die beiden Imperialgarnelen ritten auf einer Spanischen Tänzerin durch die Tiefe. Der zeternde, sein Tragtier beschimpfende Shrimp war etwa doppelt so groß wie das zweite Reiterlein und mit einem regelmäßigen Muster weißer Punkte wie beschneit.

Ich konnte kaum glauben, was mir plötzlich in seltsamer Deutlichkeit bewußt wurde: Obwohl an diesem Shrimp keinerlei Bewegung von Mund- oder Sprachwerkzeugen bemerkbar war, kamen Flüche und Geschimpfe ohne jeden Zweifel von ihm. Ich erkannte zwar den Grund für seine Gehässigkeit gegenüber der bedächtigen und offensichtlich gutmütigen Schnecke nicht, verstand dafür aber den Wortlaut so klar wie die Gedanken eines Tauchers.

Mensch!, wer oder was dort so bequem auf einer Nacktschnecke durch die anbrechende Nacht ritt und das arme Tier böse verfluchte, der oder das mußte wohl schon aus dem einfachen Grund meinesgleichen sein, weil weder vorstellbar noch in meinen submarinen Erfahrungen je ein Hinweis dafür aufgetaucht war, daß ein so hübsches, zierliches, weiß gepunktetes Tierchen wie eine Imperialgarnele zu einem solchen Wutausbruch fähig sein sollte. Selbst wer hier unten bloß seine Beute verfolgte, sie überwältigte und mampfend fraß, tat dies mit Ernst und, ja, auch Respekt vor seinem Opfer. Ich hatte selbst bei den wildesten Jagden in der Tiefsee noch niemals ein Zeichen von Haß oder Ärger wahrgenommen.

Dennoch war ich begeistert: meinesgleichen!, ich war

endlich und ähnlich wie Robinson Crusoe in seiner von Menschenfressern besuchten Inseleinsamkeit auf meinesgleichen gestoßen und rief, *funkte* ganz im Vertrauen darauf, daß nicht bloß ich, sondern auch mein Gegenüber meine Gedanken lesen und verstehen konnte: *Hee! Pünktchen! Warum so aufgeregt?*

Wenn ich erwartet hatte, daß der fluchende Shrimp von meiner Erscheinung und meiner Frage wie vom Donner gerührt sein würde, dann hatte ich mich getäuscht. Denn ohne seinen wütenden Ton zu ändern, wandte er sich nun doch eindeutig mir zu und funkte zurück:

Und Sie mischen sich hier am besten nicht ein. Diese Angelegenheit betrifft Sie nicht im geringsten – und wandte sich dann wieder der Tänzerin zu: *Also los, lahmer Trampel.*

Herr Reddish, so der Name meiner Entdeckung, war durchaus nicht jener Berserker, als der er mir in den ersten Augenblicken unserer Bekanntschaft erschienen war. Daß er gern fluchte – das und vieles andere, was ich im Lauf unserer Bekanntschaft und – wie ich mittlerweile wohl sagen darf – *Freundschaft* erfuhr, waren mehr oder weniger Ergebnisse einer Einsamkeit, die er nicht als bedrückend, sondern als befreiend empfand. Einem Einsamen war schließlich nichts verboten. Stets ohne Zeugen, konnte er Regeln befolgen oder einfach erfinden – und auch wieder brechen.

Wenn Herr Reddish beispielsweise fluchte, dann nur in Momenten, in denen er niemanden in seiner Nähe befürchten mußte, der fähig wäre, ihn zu verstehen oder besser: mißzuverstehen. In meiner Gegenwart jedenfalls sollte er sich noch als eloquenter Gesprächspartner erweisen, der im Fluchen eher eine Kunst- oder Spielform als einen Ausdruck aggressiver Hilflosigkeit sah.

Seine Spanische Tänzerin dagegen war bloß, was sie schien: ein wirbelloses, nachtaktives Weichtier, ein sprachloses Wesen der Tiefsee ohne menschliche Vorgeschichte. Und ebenso gehörte die kleine, Herrn Reddish manchmal zu seinem Ärger, manchmal zu seinem Vergnügen und sozusagen auf Schritt und Tritt begleitende Garnele zwar zur Familie der Imperialgarnelen, trug in ihrem hübschen, gepanzerten und etwas blaß gepunkteten Körperlein aber kein anderes geistiges Vermögen als das eines Wesens ihrer Art. Die Kleine war keineswegs ein verwandelter Schicksalsgefährte, sondern nicht mehr als ein possierliches Tierchen, dessen Abbilder in den Fotoalben von Tauchern oder auf Speisekarten im Abschnitt *Meeresfrüchte* zu finden waren. Herr Reddish duldete die Kleine in seiner Nähe wie einen herrenlosen Köter, der sich aus unerfindlichen Gründen einen Gebieter auserwählt hatte, um ihm nun ohne Leine auf allen seinen Wegen zu folgen.

Es hat mich Monate gekostet, ein einigermaßen klares Bild von Reddishs Geschichte zu erhalten. Denn nicht nur, daß mir meine neue Wassersprache noch ungewohnt war, trug die *Spanische*, ebenso wie ich ausschließlich in der Nacht jagende Tänzerin meinen Gefährten auch immer wieder in die Deckung von Bordwänden und Torpedoschächten geborstener Schlachtschiffe oder in die Finsternis unterseeischer Höhlen. Damit unterbrach sie aber unsere Verständigungswellen, die sich in freier Tiefe erstaunlich weit fortpflanzen konnten. Herr Reddish erwies sich aber leider als so bequem und verfressen, daß ihn selbst die Aussicht auf ein Gespräch unter Freunden nicht dazu bewegen konnte, den Rücken seines Tragtiers zu verlassen, um unseren Umgang einmal ungestört von den Wegen und Kurskorrekturen der Tänzerin zu genießen.

Die *Spanierin,* wie Reddish seine Nacktschnecke kurz nannte, trug ihn durch Wolken von Plankton und Kolonien von Kleinlebewesen von der Größe einer Karpfenlaus und schwebte mit ihrem Passagier samt seinem Hündchen durch ein nächtliches Schlaraffenland, in dem jedem Reisenden – und sei er noch so langsam – das tägliche Brot ohne anstrengende Verfolgungsjagden einfach ins Maul flog.

Mich dagegen zwang meine Beute stets auf abweichende Routen. Dann verlor ich Reddish gelegentlich für längere Zeit aus den Augen. Aber selbst wenn mein Hunger mich nicht dazu gezwungen hätte, wäre es immer noch mein Stolz gewesen, der mich davon abhielt, einem ehemaligen Wasserbettverkäufer – Herr Reddish hatte den Großteil seines früheren Lebens tatsächlich als Wasserbettverkäufer abgedient – wie ein Bittsteller nachzuschwimmen. Schließlich hatte ich als Riffkalmar einen cholerischen Shrimp ebensowenig nötig wie ein Wasserbett.

Natürlich klagte Reddish gelegentlich darüber, daß sein Tragtier während des Tages grundsätzlich in Deckung blieb und ihn ausschließlich nachts durch die Tiefe trug, aber schließlich barg auch die Nacht für ihn eine Erinnerung an die Oberwelt, die wir beide selbst in der Tiefe noch nicht vergessen hatten: *Bettschwere,* nannte er damals jene Müdigkeit, die dem Absatz von Betten im allgemeinen und von Wasserbetten im besonderen förderlich war. Und nun, nun konnte er sich dieser Schwere endlich überlassen, ohne dabei an Verkaufszahlen denken zu müssen.

Herr Reddish hatte sich wie ich eines Morgens mit der gleichen unerklärlichen Plötzlichkeit in einer völlig neuen, ihm bis dahin unbekannten Gestalt in der Meerestiefe wiedergefunden und lange Zeit, bereits krabbelnd und schwimmend, noch gedacht, er träume. Sein Wechsel zu Gestalt und Leben einer Imperialgarnele lag allerdings schon länger, sehr viel länger zurück als meine eigene Verwandlung. Daher verfügte er auch über einen ungleich größeren Erfahrungsschatz als ich, zumindest was seine Bekanntschaft mit weiteren Schicksalsgefährten anbelangte, denen mich Reddish später stets als *Herr Blueher, unser Neuzugang* vorstellen sollte.

Bequem, ähnlich wie in seinem alten Leben in einem mit Warenmustern und Wasserbettkatalogen verschiedenster Jahrgänge vollgestopften roten Opel Kapitän, schaukelte Herr Reddish nun auf seiner Spanischen Tänzerin über den Meeresgrund, ernährte sich mühelos von den Früchten jener Tiefen, in die ihn sein Tragtier brachte, fraß manchmal aber auch ohne den geringsten Widerwillen die Abfälle, die der Spanierin aus dem Maul bröselten und dann im Zeitlupentempo die Falten ihres Mantels hinabtrudelten. Aber was immer in dieser einseitigen Lebensgemeinschaft für ihn abfiel – es war genug, genug sogar für sein Hündchen, den schwach getupften Zwergshrimp, der ihn offensichtlich nicht nur abgöttisch liebte, sondern ihn vielleicht sogar für eine Art dahergeschwommene Mutter hielt. Reddish duldete die Anhänglichkeit seines Begleiters – oder war es eine Begleiterin? –, ähnlich wie er in seinem Vorleben die Ergebenheit eines Rauhhaardackels geduldet hatte, der ihm am Ende eines langen Rosenkriegs gegen seine geschiedene Frau per Gerichtsentscheid zugesprochen worden war.

Reddish schien in seiner Tiefe rundum zufrieden. Er saß zwar unter Wasser und dort in einer weiß gepunkteten Gestalt fest, war aber andererseits auch in einem recht bequemen Ruhestand und, anders als in der Oberwelt, weit über alle Pensionsansprüche oder Pflegeversicherungen hinaus, bestens versorgt. Auch mußte er nun endlich niemanden mehr von den Vorzügen eines Wasserbettes überzeugen. Denn Reddish hatte Wasserbetten, deren Verkauf und Bewerbung zum Lebensinhalt seines früh verstorbenen Stiefvaters gehört hatte, immer gehaßt.

Dieser Vater, ein bigotter Marienverehrer, der jährliche Wallfahrten nach Lourdes oder Fátima unternahm und lange mit dem Gedanken gespielt hatte, ein mit Weihwasser gefülltes Krankenbett zum Patent anzumelden, hatte seinem Stiefkind seinen Laden, in dem auch Wünschelrutengänge zu buchen waren, samt einem recht geräumigen Haus aus dem Spätbarock mit Garten und Seerosenteich gegen ein notariell beglaubigtes Versprechen vermacht, das Reddish einigermaßen genötigt abgab, als der Stiefvater seine letzten Tage im völlig wasserlosen Stahlrohrbett eines Hospizes der Kapuziner verbrachte: Niemals, niemals! werde er dieses von Gipsengeln behütete und von Gipsmuschelkränzen und blumigem Stuck geradezu überschüttete Haus verlassen oder verkaufen, werde auch niemals! den stiefväterlichen Laden aufgeben und nach bestem Wissen versuchen, die

Idee des unvergleichlich gesunden, lebensverlängernden Tiefschlafes im Wasserbett weiterzuverbreiten.

Herr Reddish hatte sich Jahre nach diesem Versprechen sowohl vom testamentarisch geforderten sonntäglichen Kirchgang als auch von Nachmittagsandachten, Geschäfts- und Autoeinweihungen, Wallfahrten nach Lourdes und Fátima und Weihnachtsfeiern mit Anhängern des Wasserbettenschlafs ersatzlos abgewendet. Insgeheim dachte er sogar daran, wagte es am Ende aber nie, sein Versprechen zu brechen. *Ich war,* so gestand er mir schon in unserem ersten längeren Gespräch, *an diese verfluchten Wasserbetten gefesselt.*

Verständlich, daß Reddish seine Verwandlung gewissermaßen als Befreiung, ja Erlösung betrachtete. Er gab mir damit aber auch Anlaß, meine eigene Haltung zu überdenken, die mich die Tiefe bis dahin eher als eine Art Hölle oder zumindest als Fegefeuer hatte erleben lassen und nur in ganz wenigen kostbaren, geradezu rauschhaften Momenten als einen höheren Zustand meiner Existenz. Sollte der Meeresgrund, der Untergang, tatsächlich auch *Himmel* sein können?

Freilich lagen selbst im klaren Fall Reddish am Ende die Dinge weitaus komplizierter, als es zunächst schien. Denn meine Forschungen enthüllten als Triebfeder seiner Verwandlung schließlich ein Trauma, mit dem nicht nur Reddish, sondern offensichtlich jeder Wasserbettverkäufer irgendwann im Verlauf seiner Karriere kämpfen mußte:

Was, um Himmelswillen, was, wenn eines dieser schwabbelnden, die Dünung oder bloß den Spiegel eines leicht bewegten Teichs vorstellenden, *nachäffenden* Betten eines Nachts platzte, unter der Einwirkung lei-

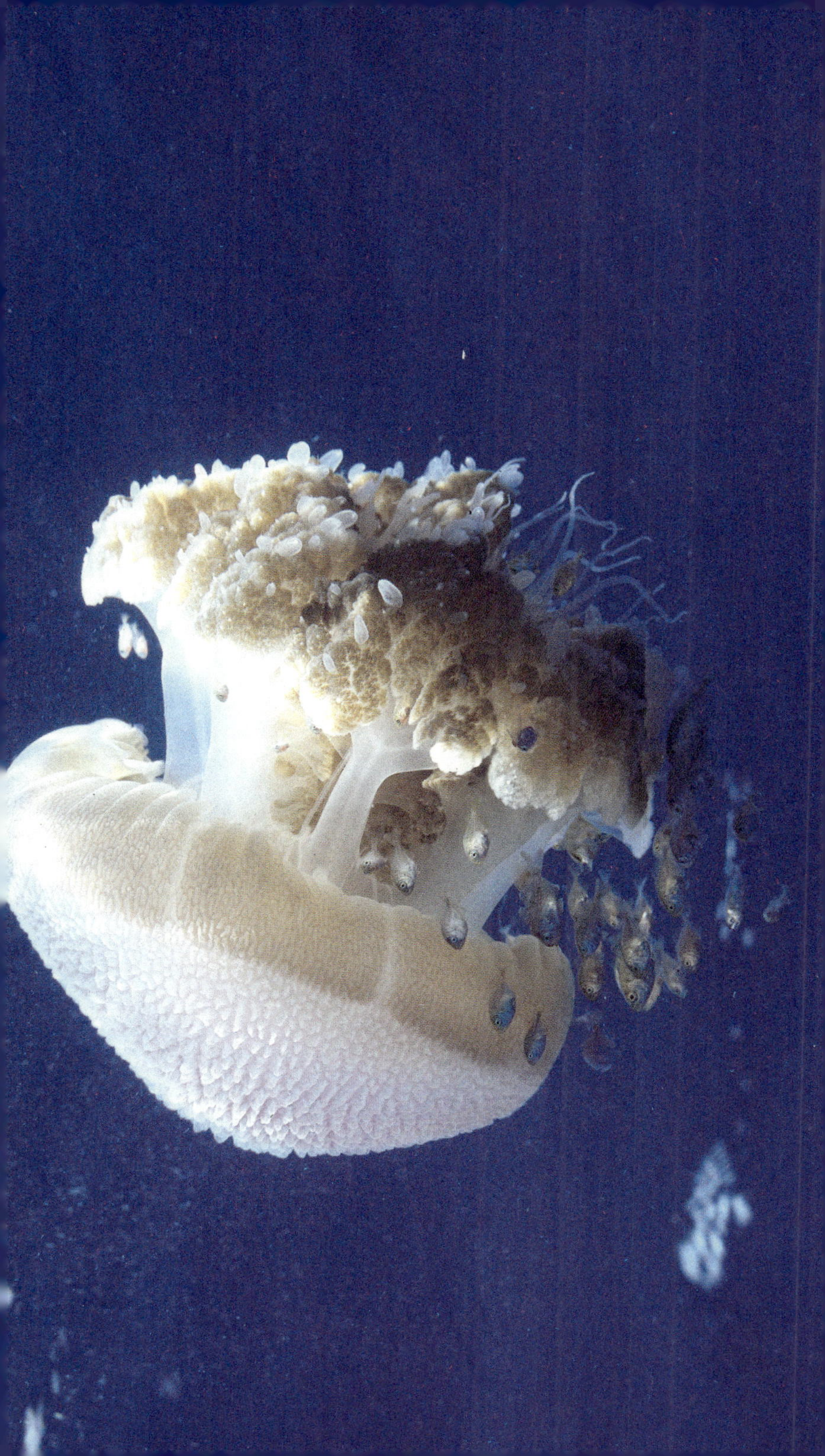

Frau Horange hat ihr Oberweltdasein als Schwimmlehrerin in der panischen Angst vergeudet, einer ihrer prustenden Schützlinge könnte trotz der von Trillerpfeifensignalen markierten, überbesorgten Lehrerinnenallgegenwart ertrinken.

denschaftlicher Bewegungen oder gemäß den Gesetzen des Materialverschleißes einfach platzte? Was, wenn der Inhalt auch nur einer einzigen Kammer eines Wasserdoppelbettes plötzlich wie eine aus ehelicher Pflichterfüllung quellende Sintflut über Bettvorleger, am Boden abgelegte Bettlektüre und liebevoll gepflegte Schlafzimmerböden sich ergoß und dann schmatzend weiteren Katastrophengebieten entgegenlief?

Reddish hatte dieses Unheil schon wenige Monate nach Antritt seines Erbes erleben müssen, und die Angst vor der Sintflut, für deren Folgen damals nicht nur eine bescheidene Geschäftsversicherung, sondern laut Garantievertrag auch der Firmeninhaber mit seinem Privatvermögen haftete, hatte ihn zeitlebens nicht mehr verlassen.

Erst jetzt, in der Tiefe, konnten wir im Verlauf unserer Gespräche per *Fischfunk,* wie wir unsere submarine Verständigung zu nennen begannen, selbst über Katastrophen lachen: über die schrille Stimme einer seiner ersten Kundinnen etwa, die den Ladenerben ausgerechnet in ihrer Hochzeitsnacht angerufen und ihm unter hysterischen Weinkrämpfen die Flutwelle beschrieben hatte, von der die Saffianlederpantoffeln ihres Mannes samt einer hochgradig wasserscheuen Perserkatze über die Schwelle des Schlafzimmers soeben die Treppe hinuntergespült worden waren.

Was für ein Alptraum! prustete Reddish auf seiner Tänzerin, was für ein Schock, in einem ausströmenden Wasserbett wie auf einem sinkenden Floß zu liegen, am Ende aber nicht in der Tiefe, sondern nach dem Ablaufen oder Versickern des Ozeans bloß auf einem Schlafzimmerboden zu landen: die Bettwäsche triefend wie eben aus dem Waschzuber gezogen, Nachthemd, Pyjama, alles tropfnaß.

Und dann *hörte* ich Herrn Reddish jedesmal minutenlang kichern, während sein Hündchen versuchte, den Heiterkeitsausbruch des Herrchens mit einem schabenden Geräusch seiner winzigen Greifzangen nachzuahmen. Shrimps konnten kichern!

Die Auswertung meiner Gespräche mit Reddish zeigte auch, daß der darin gepflegte Humor schon von den ersten gemeinsamen Tagen an etwas boshaft war – und zwar nicht nur, wenn wir uns an ausgestandene Mißgeschicke erinnerten, sondern auch, wenn wir etwa ängstlichen Tauchschülern dabei zusahen, wie sie während irgendeiner Unterwasserübung, in diesem Fall dem Austausch des Mundstücks mit einem Partner, in Panik gerieten und in blinder Angst vor dem Ertrinken mit strampelnden Flossenschlägen nach oben schossen.

Reddish war allerdings auch – für mich so erfrischend wie tröstlich – zur Selbstironie fähig und sprach dabei von seiner eigenen und damit unserer Verwandlung mit einer solchen Selbstverständlichkeit, daß mir nach und nach geläufig wurde, wie ein Mensch seine physische Existenz nicht nur in einen anderen Teil dieser Welt verlegen, sondern mit dieser Übersiedlung auch seinen Körper wechseln konnte – und zwar ohne! daß er deshalb gleich sterben mußte. Heute bin ich überzeugt, daß, was ich von diesem ehemaligen Vertreter für Wasserbetten in der Frühzeit meines Tiefseedaseins lernte, alle Resultate meiner Schul- und Ausbildungsjahre bei weitem übertraf.

Und damit nicht genug. Denn die Bekanntschaft mit Reddish führte mich an den Anfang meiner neuen, wissenschaftlichen Karriere, als ich durch ihn zu begreifen begann, daß jene kleine Unterwassergesellschaft, die ich mit seiner Hilfe zu entdecken begann, zumindest durch eine Gemeinsamkeit verbunden war: durch den (zumeist allerdings bereits verrauchten oder vergessenen) Haß auf alles Flüssige, die ausgestandene Angst vor dem Wasser, vor Schweißausbrüchen, Bettnässerei oder Wasserbettenlecks und allem, was dahinplätscherte, brauste, regnete oder rann:

Fundamentale Probleme mit einem Aggregatzustand konnten offensichtlich dazu führen, die davon Betroffenen genau dem auszuliefern, wovor sie sich am meisten fürchteten. Sie wurden sozusagen ins Zentrum ihrer Gefühle versetzt:

Wer sich vor Veränderungen fürchtete, wurde einfach in eine neue Gestalt gezwungen. Wer ein ganzes Luftweltleben lang der Wasserscheu, dem Horror vor dem Ertrinkungstod oder dem Ekel vor Schweiß und Urin ausgesetzt gewesen war, wurde gnadenlos hineingetaucht ins Medium seiner Furcht, in einen Löschwassertümpel, einen Fluß, einen See oder bloß in eine gelbe, wärmliche Pfütze. Wer das Meer gehaßt oder auch nur Auen oder Strände und selbst beheizte Schwimmbäder um alles in der Welt gemieden hatte, verfiel all dem auf diese Weise erst recht. Und wer sich vor Getränken, Limonaden oder schlichtem Brunnenwasser ekelte, wurde einfach mit Kiemen ausgestattet und dadurch ohne tödliche Folgen im Medium seiner Angst ersäuft.

Ich erinnere mich allerdings, daß Herr Reddish, als ich ihm meine diesbezügliche Vermutung zufunkte, nicht gerade begeistert war.

Wozu, funkte er damals zurück, *wozu eine Verwandlung begründen, die ohnedies nicht mehr umzukehren ist?*

Ist sie denn tatsächlich unumkehrbar?, fragte ich, *woher wollen Sie das wissen, Verehrter?*

Weil das Leben selbst, kam seine zweite Antwort noch schneller als die erste*, weil das Leben selbst wie das Wasser aus einem leckenden Bett immer nur in eine verfluchte Richtung läuft, immer nur auf den Bretterboden, die Teppiche, in den Flur, aber niemals, niemals! zurück.*

Daß seine eigene Existenz deutliche Anspielungen auf sein altes Leben enthielt, wurde mir im Lauf unserer Bekanntschaft wohl klarer bewußt als ihm selbst. Eine Erkenntnis, die zu einem ersten Schlüssel meiner späteren Forschungen werden sollte:

Denn Herr Reddish hatte in seiner mehr oder weniger erzwungenen Rolle als Wasserbettverkäufer den Aggregatzustand des Flüssigen zwar ähnlich zu hassen begonnen wie ich, hatte es darin aber niemals so weit gebracht, daß ihm sogar das Trinken zum Problem geworden wäre – ganz im Gegenteil: Er gestand mir irgendwann sogar einen längeren Aufenthalt in einer Klinik für Alkoholiker. Trotzdem war es wohl auch bei ihm die besondere Beziehung zum Flüssigen gewesen, die seine alte mit seiner neuen Existenz verband. Aber vielleicht – so lautete eine meiner frühen Hypothesen, von der ich glaubte, sie würde unser Lebensgefühl und unsere Hoffnungen ähnlich prägen und verändern wie einst das Leben vieler Leidenden die Erfindung des Penicillin –, vielleicht barg diese Beziehung nicht bloß die Grundbedingung unserer Verwandlung, sondern sogar die Voraussetzung, diesen Prozeß in ferner Zukunft wieder rückgängig zu machen und uns die Heimkehr an die Luft zu ermöglichen.

Aber wollten wir denn überhaupt zurück? In der kleinen Gesellschaft, zu der ich mir – zunächst mit Reddishs Unterstützung, dann durch eigene Bemühung – Zugang verschaffte, war man darüber geteilter Meinung.

Eine der eifrigsten Stimmen in einer flossenschlagenden, krabbelnden oder scheinbar gewichtslos schwebenden, aber deswegen noch lange nicht verschworenen! Gemeinschaft, die sich mir durch meine Forschungen nach und nach erschloß, gehörte einem nahezu durchsichtigen Wesen, das wie ein Prunkstück böhmischer Glasbläserkunst und stets begleitet von einem Schwarm Putzerfische unsere Tiefe durchschwebte: eine Kronenqualle, Frau Horange.

Als Reddish mich mit ihr an einem trüben, vom Abwasser irgendeines Containerschiffs, dessen Schatten wie das Unheil selbst über uns hinwegglitt, vergifteten Morgen bekannt machte, funkte sie zu meiner Überraschung mit einer sanften, an einen Pulsschlag erinnernden Bewegung ihres transparenten Mantels in meine Richtung: *Ich hatte bereits das Vergnügen.*

Tatsächlich mußte Frau Horange meine Wege schon einige Male durchschwommen haben, ohne daß ich sie je als Verwandte erkannt oder sie sich als meinesgleichen bemerkbar gemacht hätte. Wer weiß, vielleicht hatte sie im Vorüberschweben bereits in meinen Gedanken gelesen. Und vielleicht war sie auch deswegen einfach weitergeschwommen …

Frau Horange sollte sich jedenfalls von einer für meine Forschungen so unschätzbaren Auskunftsfreude erweisen, daß ich während mancher unserer Begegnungen, unserer Schwebungen fast Angst davor bekam, die Dame könnte eines Tages auch ihr beiläufig gesammeltes und eventuell um das eine oder andere Detail bereicherte Wissen über mich einem Unterwasserforscher anvertrauen, der seinerseits auf meinen Spuren schwamm.

War Reddish allein mit mir, also bloß in Begleitung der Spanischen Tänzerin und seines Hündchens, nannte er die Kronenqualle manchmal *Quatschglucke*: Er sei weder in seinem früheren noch in seinem gegenwärtigen Leben einer so unentwegt schwatzenden Universalbesorgten begegnet.

Meinem Einwand, daß Frau Horange Erzählkunst und Bemutterung vielleicht bloß einsetzte, um einen Gesprächspartner ein bißchen zu erweichen und zu privatesten Auskünften zu animieren, die sich dann zu erstklassigem Tratsch weiterverarbeiten ließen, hielt Reddish entgegen, daß ich mich in meiner offensichtlich unstillbaren Neugier dann ja wohl bald jenem Schwarm von Fischrotznasen anschließen würde, der die vermutlich schlimmste Klatschtante der Weltmeere umschwänzelte.

Wenn ich in Reddish nicht bloß einen boshaften, sondern auch höchst präzisen Informanten gefunden hätte, wäre die Lebensgeschichte dieser Kronenqualle wohl auch aus ihren Fischfunkerzählungen nach und nach zusammenzufügen gewesen, Erzählungen, die in Wahrheit niemals mehr waren als Selbstgespräche: konnten sie doch nur von einem wie mir oder dem gelegentlich auf seiner Tänzerin vorüberreitenden Reddish verstanden werden, keineswegs aber von ihrem silbrigen, sprach- und verständnislosen Begleitschwarm.

Schon nach verhältnismäßig kurzer Zeit wußte ich jedenfalls mehr aus dem Leben von Frau Horange als Reddish. Sie hatte ihr Oberweltdasein als Schwimmlehrerin in der panischen Angst vergeudet, einer ihrer Schützlinge würde trotz all ihrer Vorsicht und ihrer von regelmäßigen Trillerpfeifensignalen markierten, überbesorgten Schwimmlehrerinnenallgegenwart ertrinken.

Sosehr mir diese Kronenqualle nach der ersten Begeisterung, die ich über das Auf- und Abtauchen einer weiteren Schicksalsgefährtin empfand, mit ihren ständigen Fragen nach meinem Befinden (*Wie blaß Sie aussehen, fehlt Ihnen etwas …? Was machen Sie denn heute für ein Gesicht?*) und so weiter auch auf die Nerven zu gehen begann, mußte ich mir doch eingestehen, daß weder oberhalb noch unterhalb des Meeresspiegels jemals ein grazileres, fragileres, luftig-leichteres Wesen um mich besorgt gewesen war als diese untergegangene Schwimmlehrerin.

Wie noch immer durchpulst vom Atem eines Glasbläsers, der sein schimmerndes, kunstvolles Werk eben in eine Welt der Schwerelosigkeit entlassen hat, schwebte sie durch die submarine Dämmerung und lud mit der Grazie einer Ballerina verspielte Zwerggrundeln, Lagunenbläulinge und andere hungrige Schwarmfischchen unter das Obdach ihres Mantels: Dort lockten nahrhafte Schwebestoffe, dazu bot sich dort auch Zuflucht vor jenen Feinden, die sich vor einer Qualle ekelten – oder sogar fürchteten.

In der Luftwelt hatte Frau Horange ihre unausgesetzte Angst, daß einem ihrer sinkgefährdeten Schützlinge zuviel Wasser in die Lungen geraten könnte, damit besänftigt, daß sie in ihren Mußestunden Aquarelle auf handgeschöpftem Büttenpapier sozusagen versickern ließ: Lotosteiche, idyllische Hafenansichten, ein von geblähten Segeln beflockter Schilfsee oder von Schmetterlingen umgaukelte Wasserfälle – Frau Horange hatte ihre verrinnenden Idealbilder einmal sogar in der Schalterhalle der Sparkasse ihres Vertrauens ausgestellt und war dafür in einem, von ihr ansonsten tief verachteten Lokalblatt hoch gelobt worden. Ach, wie wunderbar konnte die Wasserwelt schon damals sein.

Die Aquarellistin war jedenfalls durch ihren langjährigen Verlobten, einen Kampftaucher, den die Schiffsschraube eines Kanonenboots in die Invalidität gewirbelt hatte, zu ihrem Amt als Lehrerin, schließlich sogar Direktorin einer Schwimmschule gekommen. Denn als der geliebte Veteran zwei Monate vor der lange geplanten und so oft verschobenen Heirat den Spätfolgen seiner Kampfverletzungen erlag, war als bescheidenes Erbe die Schwimmschule *Delphin* an die Hinterbliebene gefallen. Der Invalide hatte die Schule einst als Fortführung seiner Karriere als Wasserkrieger an einem Schotterteich gegründet und später mit großem Erfolg ans Ufer eines schlammigen Waldsees verlegt.

Ach, Frau Horange, die Arme, die Gute ... Ich habe sie noch nie gefragt, wie ihr denn ihr citrusfarbiger Name gefällt ..., schließlich bin ich es ja, ich, dem sie ihn verdankt. Auch das submarine *Reddish* ist von mir, ebenso wie der Name jedes weiteren und aller noch in der Zukunft verborgenen Gefährten von mir kommen wird.

Seit ich weiß, daß ich hier unten nicht der einzige *Ehemalige* bin, verfahre ich nämlich mit meinen Schicksalsgefährten, wie jeder Forscher mit seinen Entdeckungen verfährt: Ich taufe sie. Schließlich tragen ja auch die Elemente des periodischen Systems, vom Argon bis zum Wasserstoff, die Eisvögel, Fischotter oder Rotalgen, die Schwertlilien oder Seeanemonen keine *eigenen* Na-

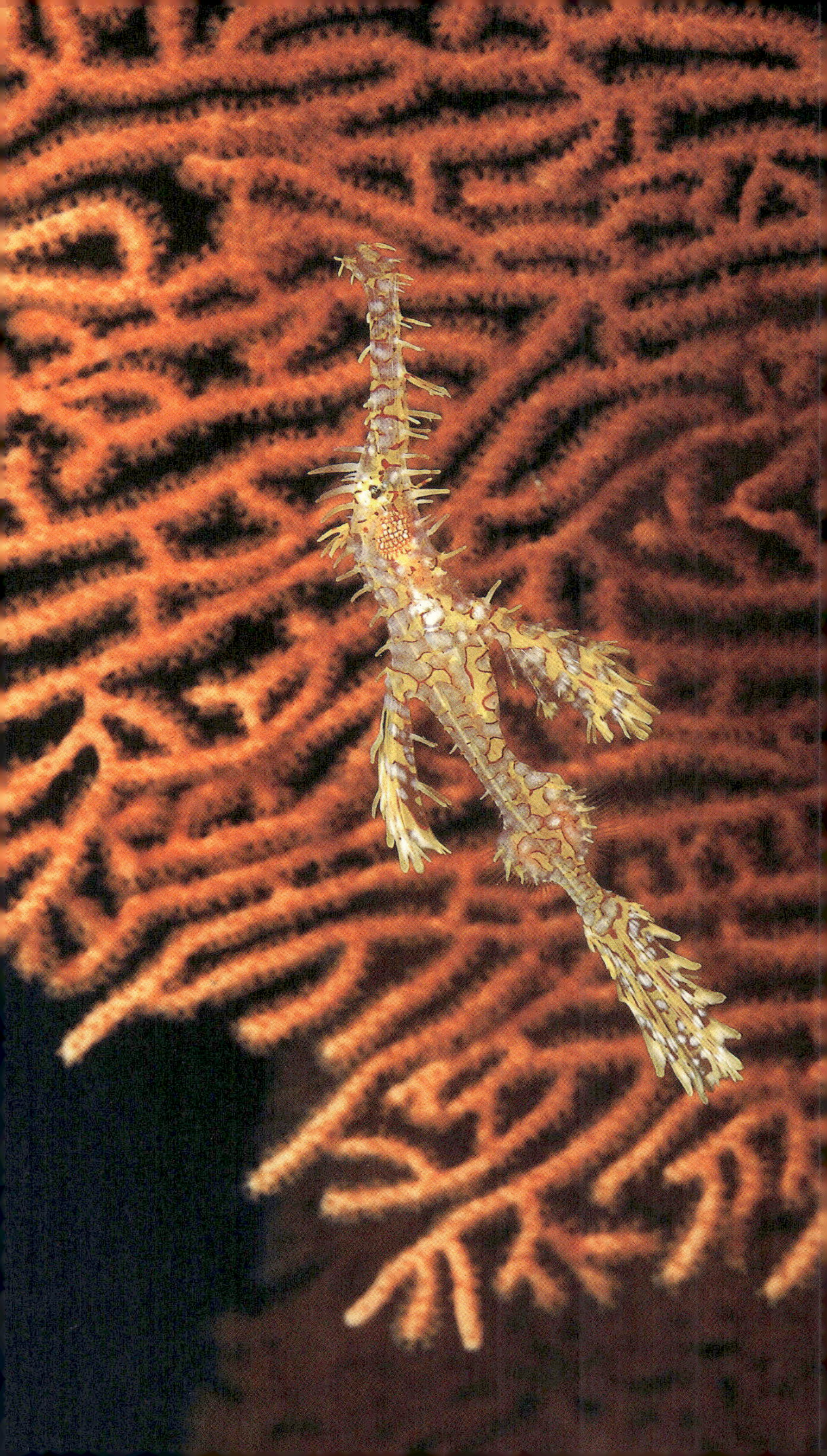

Herr Blackthorn hat als *Meister Undicht* alles Wasser gehaßt: diese Rohrbrüche!, diese tropfenden Leitungen!, diese wuchernden Schimmelpilze in muffigen Klosetts …, überall warteten Pfützen, Fontänen oder alles durchnässende Rinnsale.

men. Ja selbst die fernsten, lichtschwächsten Sonnen, die *Schwarzen Raucher* des Marianengrabens und mit ihnen die gesamte Vielfalt der sichtbaren Welt – alle, alle werden sie von ihren Betrachtern, ihren Liebhabern, Eroberern, Erforschern getauft.

Daß ich mich als Täufer für englische Namen entschieden habe, ist zugegebenermaßen willkürlich und – wie so viele Taufnamen – mit einer Anekdote verbunden, hier mit einer Geschichte aus der Zeit zweier Abendkurse, in denen ich mir Grundkenntnisse in meiner ersten und einzigen Fremdsprache erwarb, um auskunftsbedürftige und deshalb schweißtreibende ausländische Museumsbesucher so schnell wie möglich wieder loszuwerden: Ich entdeckte damals während meines Vokabelstudiums in meinem eigenen Namen das wunderbare englische *blue.*

Blueher hatte ich mir bis dahin stets als eine Abwandlung der Blüte, des Blühens oder Verblühens gedeutet. Aber nun: *Blue!* Blau wie der Himmel über der Wolkendecke. Blau wie das Meer an seinen besten Tagen … Naheliegend, daß ich zur Einübung in das neue Idiom nun auch in anderen vertrauten Namen nach Farben oder ganz einfach nach Silben und Worten suchte, die mir über solche Eselsbrücken geläufig werden sollten. Darüber hinaus hatte mich damals auch ein Vortrag zur Farbenlehre höchst beeindruckt, der den Neuzugängen unter seinen Museumswärtern vom Direktor höchstpersönlich gehalten wurde, denn ernsthaft beschützt konnte nach den Worten unseres Direktors nur etwas werden, das dem Wächter von Grund auf vertraut war.

Am Ende seines Vortrags über Öl- und Wasserfarben, Pigmente, Grund- und Komplementärfarben, Wellenlängen und Spektralanalyse zeigte uns der Direktor jedenfalls einen handtellergroßen Kreisel, auf den die *Farben dieser Welt*, auch das ein Wort des Vortragenden, in einzelnen, tortenstückartig angeordneten Segmenten aufgetragen waren. Diesen Kreisel ließ der Direktor von einem seiner Untergebenen drehen, dann surrend über den Tisch wandern, und wir sahen, pflichteifrig seufzend vor Bewunderung, wie alle diese leuchtenden Farben in diesem rasenden Tanz auf der Tischplatte zu einem einheitlichen, monotonen Weiß zerrannen.

Dieser *Newton'sche Farbkreisel* sollte übrigens später von jedem Wärter in Form einer Brosche, die ihr etwas altmodisches Design der Frau des Direktors verdankte, zumindest während der Dienststunden am Jackenaufschlag der Uniform getragen werden, nach Möglichkeit aber selbst an den Aufschlägen der Freizeitkleidung. Ich erinnere mich an eine strenge Ermahnung des Direktors, als ich mir nach einem sommerlichen, die *Museumsfamilie* fördernden Grillfest die Fingernägel mit der Broschennadel säuberte.

An diesen für ihn rätselhaften Schmuck der Wärteruniformen sollte sich ein weiterer Gefährte der *ersten Stunde* zu meiner freudigen Überraschung in einem ausführlichen Fischfunkgespräch erinnern: Herr Blackthorn, ein ehemaliger Installateur, dessen Bekanntschaft mir durch Frau Horange zufiel, hatte diese handtellergroßen Broschen als Tourist und Besucher einer Wanderausstellung über Seeschlachtgemälde in meinem Museum bemerkt, seiner Schüchternheit und mangelnden Sprachkenntnisse wegen aber nicht nach ihrer Bedeutung zu fragen gewagt. Die sollte er auf einem labyrinthischen Umweg erst erfahren, nachdem er seine etwas gedrungene oberirdische Gestalt zugunsten der eines höchst filigranen Geisterpfeifenfisches längst aufgegeben hatte.

Ich sah ihn zum erstenmal, als er, wie mir schien, den gläsern durchsichtigen Mantelsaum der Kronenqualle küßte, ja, küßte! Ich war mir damals sicher, in Blackthorn nicht bloß einen Verehrer, sondern den Geliebten der Kronenqualle entdeckt zu haben, fragte aber aus Gründen des Taktes selbst Reddish nicht nach den wahren Verhältnissen. Auch war mir ein Rätsel, auf welche Art die beiden so etwas wie ein Liebesspiel betreiben sollten. Aber Fragen dieser Art durften eigentlich nicht Gegenstand ernsthafter Forschungen sein, jedenfalls bis auf weiteres nicht.

Herr Blackthorn stieß immer wieder zum Schwarm der durchscheinenden Fischchen, der Frau Horange überallhin folgte, und schien sich nicht daran zu stören, daß man in diesem Schwarm gelegentlich ein bißchen eifersüchtig nach ihm schnappte oder ihn sogar mit einem ansatzlosen Flossenschlag ohrfeigte. Wer solche Demütigungen erduldete, konnte nur verliebt sein. Ich blieb überzeugt: Herr Blackthorn war verliebt.

Aber nicht nur deswegen mochte ihm sein Unterwasserdasein im Gefolge einer mütterlichen Kronenqualle höchst lebenswert erscheinen, sondern auch aus Gründen, die sich mir erst durch ein System wohlgeordneter Fragen erschlossen, die Blackthorn bereitwillig beantwortete:

Ja, auch er habe das Wasser gehaßt. Diese Rohrbrüche, diese undichten Leitungen, diese vergeblich um die Gewinde verchromter oder billig vernickelter Auslaßhähne gewundenen Hanfsträhnen, diese wuchernden Schimmelpilze in muffigen Wasserklosetts …, ach, wohin immer man ihn bestellt habe, überall warteten Pfützen, Flecken, Fontänen oder mauererweichende, alles durchnässende Rinnsale. Alpträume habe ihm sein Beruf beschert, der ihn dazu verdammte, alle diese verborgenen Quellen und Wasseradern entweder trockenzulegen oder in geordnete Bahnen zu lenken, über wohlgesicherte Leitungen von Haus zu Haus, von Wohnung zu Wohnung. Selbst in wasserspeienden, mit Massagedüsen und tellergroßen *Monsun*-Brauseköpfen ausgestatteten Luxusbädern war peinlich darauf zu achten, daß kein Tropfen die vorgeschriebenen Bahnen verließ.

Aber was war das für ein Leben. *Meister Undicht* hatte ihn der betrunkene Innungsmeister auf dem Jubiläumsfest eines Armaturenherstellers genannt, Meister Undicht!, wegen der vielen Beschwerden, die über Blackthorns tropfanfällige Dichtungskünste im Umlauf waren. Aus Undichts Rohren, hieß es in einer Schmähung, die der Verbreitung dieses Spottnamens folgte, aus Undichts Rohren würde selbst der Sand glühender, wasserloser Wüsten noch rieseln wie aus einem Salzstreuer.

Blackthorns älterer Bruder, ein von der Möglichkeit psychosomatischer Epidemien, von schamanistischen Heilpraktiken und den Prognosen der Astrologie zutiefst überzeugter Schleusenwärter in einem Speicherkraftwerk, fand seine Theorien vollkommen bestätigt, als der arme Installateur kurz vor dem Eintritt in den Ruhestand an einem Prostataleiden erkrankte und dann einer hartnäckigen Inkontinenz wegen stets eine Ersatzunterhose in seinem Werkzeugkasten versteckte, bis er sich nach langen inneren Kämpfen für das Tragen unauffälliger Windeln entschied.

Was für eine Erlösung, als Blackthorn am Festtag des

Heiligen Nepomuk, dem Schutzpatron aller Brücken, in jenes himmlische Medium verschlagen wurde, in dem es keine nassen Unterhosen, keinerlei undichte Stellen und keine Feuchtigkeitsprobleme mehr geben konnte. Zwar blieb dem Installateur seine neue Gestalt als Geisterpfeifenfisch auch deswegen so fremd, weil er sich in seinem früheren Leben in keiner Weise als stachelbewehrt oder gar angriffslustig verstanden hatte, sondern vor allem als stets defensives, ja ausgeliefertes Opfer. Er erschrak zutiefst, als er sein Spiegelbild zum erstenmal in der Brille eines Tauchers sah. Ich habe lange mit dem Gedanken gespielt, der *Geisterpfeife* (ich gebe zu: auch dies ein Spottname) den Namen Narziß zu geben. Aber ich hatte schließlich meine Prinzipien: Farben, es mußten englische Farben sein. Denn wie mir das Englische einst als Verbindung zwischen den verschiedenen Sprachen der Museumsbesucher gedient und mir so rasche Antworten und damit auch den schnellen Rückzug in meine Ungestörtheit ermöglicht hatte, so schien nun der Fischfunk in der Tiefe das oberweltlich babylonische Sprachengewirr zugunsten einer Art Universalsprache abzulösen. Alle Idiome und Dialekte, in denen die Verwandelten sich einst unter ihren alten Namen innerhalb ihrer Sprachfamilien verständigt hatten, flossen im tiefen Blau und der submarinen Stille ihrer neuen Existenz allmählich wieder zusammen in jene wortlose Urverständigung, in der Tiere schon seit je zwischen den Signalen der Bedrohung und der Geborgenheit zu unterscheiden vermochten, zwischen Zeichen der Aggression oder den Verlockungen des jeweils anderen Geschlechts.

In einer solchen Universalverständigung konnte es naturgemäß kein von Land zu Land, von Bucht zu Bucht oder von Süß- zu Salzwasser wechselndes Vokabular oder gar eine wechselnde Grammatik geben. Ein Regenwurm oder eine Nachtigall des indischen Subkontinents oder eine Stubenfliege aus dem Kongo blieben da wie dort Regenwurm und Stubenfliege mit durchaus individuellen Lebensgeschichten und hatten doch niemals Probleme, sich mit einem Artgenossen in einem mitteleuropäischen Dorf oder irgendwo im tibetischen Hochland zu verständigen, wenn es um fundamentale Bedürfnisse des Überlebens ging.

Gewiß, Regenwürmer und Fliegen unternehmen keine Interkontinentalreisen (wenn nicht in den Frachträumen eines Schiffes oder Flugzeugs), aber selbst weitgereiste, im Sturzflug herabschießende Zugvögel oder ein den ganzen Polarkreis durchwandernder und durchschwimmender Eisbär, der plötzlich aus einer Schneewächte hervorbricht, verstehen die Skala der Warnrufe sehr wohl, mit denen ein Opfer das eigene Leben oder das der ganzen Familie retten will – und reagieren entsprechend, erhöhen ihre Angriffsgeschwindigkeit oder täuschen plötzlich verlorenes Interesse vor, um dann, in der beginnenden Erleichterung der Beute, auf das tödliche Nachlassen der Wachsamkeit zu warten … Man versteht sich sozusagen global, wenn auch auf recht einfache Weise. Aber man versteht sich gut.

Fischfunk! Ich finde, Herr Reddish hat einen recht brauchbaren Namen für das gefunden, was uns die alte Sprache hier unten allmählich ersetzt. Natürlich schwirren auch hier und immer noch Worte durch unsere Köpfe, manchmal in dichter Folge durch unsere Träume und Tagträume, dann bloß vereinzelt und kaum noch verständlich nach langen Zeiten absoluter Wortlosigkeit. Aber wortlos heißt hier unten niemals: verständnislos.

Wie gut gelang doch beispielsweise schon während meines ersten Anfalls von Hungergefühl in der Tiefe die Kommunikation! mit einem kleinen Scheißerchen von Fisch, das sich krümmte und klein zu machen versuchte, weil es dachte, ja, weil es *dachte*, meine Saugnäpfe fänden durch die Krümmung seines Körperchens weniger Angriffsfläche, weniger *Saug*fläche.

Armer Dummkopf. Er verstand mich sehr gut, was das Grundsätzliche meines Hungers anbelangte, verstand am Ende aber doch zu wenig. Denn ich bog mich mit ihm!, ahmte mit einem meiner Arme seine vermeintlich rettende Krümmung nach und setzte ihm *plop* und *schmatz* und *plop* einen Napf nach dem anderen auf den blinkenden Leib, *plop!* und zog den Imbiß an mein Maul, an meinen Schnabel, der die Taucher immer wieder an den Schnabel eines Papageis erinnert, und schnitt und schnippte mein Opferchen, mein *Pferchen*, mein *Chenchen,* mundgerecht entzwei. *Schmatz!*

Roher Fisch schmeckt tatsächlich köstlich, auch ohne Ingwer und grünen Meerrettich wie in jener Sushi-Bar, die der allen Moden folgende Museumsdirektor im Foyer seines Hauses hatte einrichten lassen. Und diese letzten Zuckungen des Leckerbissens! Ich habe mich mit Reddish auf ein kulinarisches Prädikat geeinigt, das in der Oberwelt gelegentlich Weinen von den Rieden breiter Stromtäler verliehen worden war: Ein lebendiger Abgang.

Sprache? Natürlich brauchen wir für solche Urteile nicht unbedingt Worte, eine Sprache, aber wir verstehen uns. Plop! Schmatz. Plopplop!

Meine Englischkurse in einer Abendschule, die dem Museum gegenüberlag, ja die *Museumsstraße* sogar als Adresse führte, erscheinen mir so noch nachträglich als eine Art Einübung in die Universalsprache der Tiefe, in der das babylonische Ausdrucksgewirr endlich verklang. Manchmal frage ich mich allerdings, ob nicht doch jeder von uns *Ehemaligen*, insgeheim und soweit es der schwindende Sprachschatz erlaubt, in sein altes Idiom übersetzt, was er aus nächster Nähe oder aus den Abgründen des Ozeans vernimmt.

So ergänze und verwandle schließlich auch ich alle Namen, die mir, kaum zugetragen, auch schon wieder entfallen, und setze an die Stelle der vergessenen Silben und Lautfolgen – Farben:

Rot. Red. Reddish.

Orange. Horange.

Und später: Blackthorn. Und Whitey. Und Purpleheart. Und Greenfinch. Und so fort. Ich habe – uraltes Forscherglück! – ein Prinzip: Ich streue meine eigenen Namen über meine schöne neue Welt.

Daß ich mittlerweile über weite Strecken der Lebensläufe meiner Schicksalsgefährten ausführlicher berichten kann, als sie selber es vermögen, ist auch Ergebnis und Fortsetzung einer Freiheit, die sich jeder Täufer nehmen darf. Denn keiner – wie genau seine Fragen und Recherchen auch immer waren –, keiner kann wirklich alles wissen, jeder ergänzt Leerstellen, blinde Flecken durch Vermutungen, überbrückt mit seinen Hypothesen Abgründe, von deren Tiefe er noch zu wenig oder gar nichts weiß, überpinselt, spinnt weiter …

Keine Frage, daß dabei das nackte Faktum etwas zu

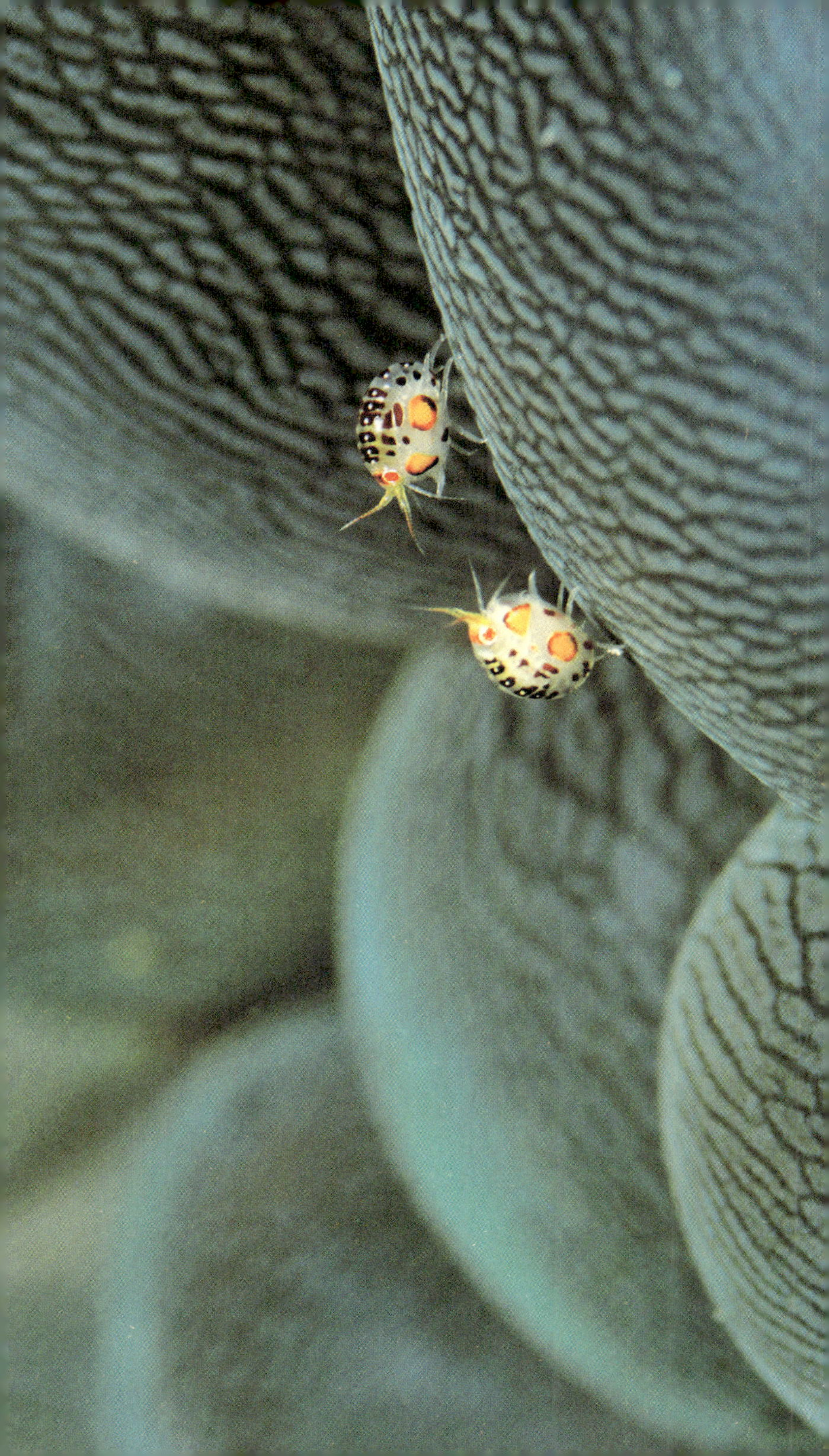

Frau Whitey ist am vorläufigen Ende ihrer Karriere als Politikerin eben doch nur ein schön gemustertes, aufgeregtes Flohkrebschen, das auf einen hartnäckigen Begleiter so unaufhörlich einspricht, als wäre damit eine Wählerstimme zu gewinnen.

üppig vervollständigt oder zu dick übermalt werden kann und die Unterscheidung zu verschwimmen beginnt, was denn nun Phantasie, was Hypothese und was Tatsachenfeststellung sei. Aber solche Probleme und Verfahrensweisen sind schließlich auch in den Luftweltwissenschaften weder unbekannt noch unbeliebt.

Die Geschichte von Frau Whitey, nur beispielsweise, einer ehemaligen Ministerin: Was hätte eine genaue Unterscheidung schon gebracht, die sie einmal als populäre Volksvertreterin, als beredte, ausschließlich um das Wohl der Menschen besorgte Visionärin zeigte, dann wiederum bloß als etwas zu bunt gekleidetes, lebhaft an der eigenen Laufbahn und der Ausschüttung von Diäten interessiertes Mitglied eines insgesamt ähnlich gestimmten Parlaments?

Am vorläufigen Ende ihrer Karriere und verschiedenster Sichtweisen meinerseits war sie eben doch nur ein schön gemustertes Flohkrebschen, das selbst auf einen hartnäckigen, ausschließlich auf seine Fortpflanzung und die dazu notwendigen Praktiken versessenen Begleiter so unaufhörlich einsprach, als gelte es dabei eine Wählerstimme, in diesem Fall: ein Wählerstimmchen, zu gewinnen. Selbst dem objektivsten Forscher wäre am Ende wohl nur die Feststellung geblieben, daß Madame Whitey vermutlich zu allen Zeiten ihres Lebens an der Luft ein bißchen von allem gewesen war. Für mich blieb das Wichtigste an ihr, daß sie ganz und gar meine Entdeckung war. Selbst Reddish hatte von ihrer Existenz noch nie auch nur das leiseste Fischfunksignal empfangen.

Als ich ihr und ihrem höchst aufmerksamen, dabei völlig verständnislos lauschenden Begleiter zum erstenmal begegnete, wollte ich beide, wie soll ich sagen ... fressen. Ja, ich wollte sie fressen. Nicht aus Hunger, den hätten die Winzlinge selbst in größerer Zahl nicht zu stillen vermocht, eher aus einer Art beiläufigem Ordnungssinn, so, wie ich früher einmal Brösel von der Tischdecke mit einer speichelbefeuchteten Fingerkuppe aufgepickt und zum Mund geführt hatte, ohne mir dabei recht bewußt zu werden, was ich tat.

Ich hatte meine Tentakel bereits in Richtung der beiden in Stellung gebracht. Sie waren auf einer Blasenkoralle völlig mit sich beschäftigt und hätten wahrscheinlich erst unter meinem Schnippschnabel den Ernst des Lebens in einem letzten Augenblick begriffen, als ich ein piepsendes, aber höchst eindringliches Fischfunksignal empfing. Das Signal stammte eindeutig von meiner Beute.

Ich entspannte meine Tentakel und Greifarme augenblicklich, räusperte mich zum unwillkürlichen Ausstoß eines kaum sichtbaren Tintenwölkchens und funkte: *Guten Tag, Salaam aleikum, how are you. Mit wem habe ich das Vergnügen?*

Die zugegebenermaßen etwas infantile Anrede entsprach der großartigen Laune, in die mich meine Entdeckung versetzte, war ich doch sicher, endlich auf ein submariniertes Kind gestoßen zu sein, auf den wasserköpfigen Liebling eines Genforschungsinstitutes vielleicht oder einen auf Wasser allergischen Grundschüler. Aber wie bei allen Begegnungen mit tatsächlichen oder vermeintlichen Vertretern eines Volkes verflog meine Laune rasch, denn Whitey wandte sich blitzartig von ihrem Begleiter ab und mir zu und setzte ihren Monolog, in dem es um die Notwendigkeit der Reinhaltung der Meere ging, in meine Richtung fort. Offensichtlich ohne dabei von etwas anderem Notiz zu nehmen als von meiner zumindest für sie beeindruckenden Größe.

Wenn meine bisherigen Forschungsergebnisse nicht trügen, hatte Frau Whitey schon in ihrem parlamentarischen Luftleben stets mehr auf die Wirkung ihrer Reden geachtet als auf deren Inhalt. Selbst wenn sie den katastrophalen Zustand der Meere oder das drohende Aussterben ganzer Fischvölker beschwor, hatte sie nie vergessen, ihre eigene oder wenigstens die Bedeutung der Partei als Problemlöser wieder und wieder zu erwähnen. Aber genaugenommen hatte Frau Whitey das Meer gehaßt, das heißt: die ihr anvertrauten Untersuchungen gehaßt – etwa über die Folgen der Erderwärmung auf den globalen Verlauf von Stränden, den Anstieg des Wasserspiegels durch den Zufluß geschmolzener Gletscher, die Verwüstung des Meeresbodens durch pflügende Grundschleppnetze und die Ausrottung ganzer Arten als bloßen *Beifang*, der als Abfall verfüttert oder verstümmelt zurückgeworfen wurde in die leerer und leerer werdenden Fanggründe. Diese Aktengebirge! Diese Datenströme!, Datenfluten über Dünnsäureverklappung auf hoher See, über wirkungslose Abwassersysteme, Flutwellen, algenverseuchte Küsten, Korallensterben, Fischpest, Ölteppiche … und so fort.

Aber seit jene Parlamentspartei, in der es Whitey bis zur Abgeordneten, dann sogar zur Senatorin gebracht hatte, durch eine überraschend gewonnene Wahl bei der Verteilung von Posten in Personalnöte geraten war, mußte sich die Arme, die den Schwerpunkt ihres politischen

Auftrags bis dahin vor allem im prompten Heben der Abstimmungshand im Sinne ihrer Partei gesehen hatte, als zuständige Fischereiministerin um Fragen des Meeres kümmern. Und das bedeutete Arbeit.

Natürlich waren die fachlichen Anforderungen für eine Ministerin auch unter diesen Umständen nicht allzu hoch, aber Whiteys leichter, weder besonders karrierestörender noch außergewöhnlicher, Mangel an Kompetenz ließ Besprechungen mit Sachbearbeitern, Umweltschützern oder selbst ihren eigenen Redenschreibern zu erschöpfenden, qualvollen Verpflichtungen werden.

Und dazu diese stundenlange Anwesenheitspflicht im Ministerium! Auch diese nur mit größter Vorsicht und Zurückhaltung beantwortbaren Unverschämtheiten auf Pressekonferenzen oder in den Fragestunden des Parlaments entfachten in Whitey schließlich einen solchen Haß auf das Meer, daß selbst die Verdampfung der Ozeane ihr zunächst nur als das Ende lästiger, ja unerträglicher Verpflichtungen erschienen wäre. Aber einer gewählten Volksvertreterin blieb schließlich keine Wahl: Ihr Weg nach oben führte plötzlich nur und ausschließlich über das Meer. Über dieses verfluchte Meer.

Dabei hatte es Zeiten gegeben, in denen sie – damals noch eine unverzeihlich oft übersehene Abgeordnete – selbst an kurzen Wochenenden ans Meer gefahren war und dort im Lauf der Jahre Hunderte Sonnenuntergänge fotografiert hatte, Untergänge mit und Untergänge ohne Segelboote, Untergänge vor dramatischer Bewölkung oder einem leeren Himmel, der als einzigen Schmuck Kondensstreifen trug. Untergänge in allen Stimmungen und Farben.

Nur ins Wasser, ins Wasser wollte Whitey selbst bei Windstille und glatter See niemals weiter als bis zu den Knien, denn zu den bestgehüteten Geheimnissen ihrer politischen Laufbahn, ja ihres ganzen Oberweltlebens hatte gehört, daß sie Nichtschwimmerin war.

An Whiteys Wasserproblem schien mir lange Zeit gerade das Unauffällige bemerkenswert. Denn vielleicht hätte *ihr* Meereshaß unter anderen Umständen nicht ausgereicht, sie in unsere Tiefe hinabzuführen. Aber der Umstand, daß sie sozusagen ein ganzes Volk vertrat (von dem wiederum gewiß ein ziemlich großer Teil wasserscheu war oder zumindest den Untergang fürchtete), muß diesen Mangel wohl ausgeglichen haben. Außerdem entdeckte ich unter den von mir erforschten Fällen durchaus einige, deren Wasserscheu oder -haß als *Verwandlungsfaktor* noch schwächer ausgeprägt zu sein schien als der Whiteys oder sogar in sein Gegenteil verkehrt: Auch Wasserliebe, Wasserleidenschaft, ja Wassersucht (wenn auch in selteneren Fällen) konnte eine Luftweltexistenz zum Grund führen.

Bei Frau Purpleheart etwa, meinem komplexesten Fall, habe ich sehr, sehr lange gebraucht, um den Verwandlungsfaktor nach einer Reihe gescheiterter Versuche überhaupt zu bestimmen. Ein Erfolg, der mich am Ende allerdings zu einer Erweiterung meiner Hypothesen zwang: Demnach waren es zwar durchaus Angst oder Haß auf den Aggregatzustand des Flüssigen, vor allem aber der Grad der Leidenschaft im Verhältnis zu allem Fließenden, Wässrigen, Verrinnenden, der eine Versetzung in die Tiefe beförderte und bedingte. Jawohl!, die in ihrer absoluten Gültigkeit der Gravitation ähnliche Verwandlungskraft war offensichtlich die Leidenschaft.

Es war ausgerechnet während eines tagelang wütenden Orkans, der selbst die Ruhe des Grundes störte und in meinen Jagdrevieren jähe Wirbel und Strömungen verursachte, als aus den tiefsten Lagen meines Gedächtnisses die Erinnerung an etwas hochstieg, wofür ich noch kein Fischfunksignal kannte, sondern nur eines jener verblassenden Worte meiner alten, nur noch in Träumen und tranceartigen Selbstgesprächen wiederkehrenden Sprache: Liebe.

Liebe? War das der korrekte Ausdruck? Ich war mir nicht mehr sicher. Aber ich hatte kein besseres Wort.

Was war also hier unten aus jener magnetischen Kraft geworden, die in der Luftwelt so viele Dramen entstehen, so viele Tränen des Glücks oder der Trauer fließen ließ, so viele Lieder, Gedichte, hauchzarte Aquarelle, Porträtminiaturen, parfümierte, mit gepreßten Blütenblättern befrachtete Eilpostbriefe notwendig gemacht und sogar Kriege erzwungen hatte: Rosenkriege, Stammeskriege, Trojanische Kriege, Bürgerkriege …

Naturgemäß spürt jeder von uns auch und gerade in der Tiefe den periodisch wiederkehrenden Drang, sich mit einem Wesen der eigenen Art zusammenzutun. Auch hier in der blinden Hoffnung, über kleinere oder größere Schwärme von Nachkommen eine Art Zukunft zu sichern. Kompliziert wird die Angelegenheit hier unten bloß dadurch, daß eigentlich keiner von uns genau weiß, ob der Körper, in dem er steckt, der eines *Männchens* oder eines *Weibchens* ist. Die teils spastisch verrenkte, teils fließende, geradezu meditative Fortpflanzungsgymnastik, die wir gelegentlich über dem Grund schwebend oder tanzend zwischen aufgewirbelten Sandfontänen betreiben – ist unser jeweiliger Part daran der eines künftigen Vaters oder der einer in guten Hoffnungen schwelgenden, erwartungsvollen Mutter? Bin ich männlich? Bin ich weiblich?

Ich erinnere mich noch gut an die drohenden, in der Vulgärsprache der Oberwelt gemachten Ankündigungen, ein Objekt des Hasses oder der Lust so lange zu prügeln oder zu vögeln, bis es nicht mehr unterscheiden könne, ob es *Männlein oder Weiblein* sei. Manche in unserer Tiefe wissen es tatsächlich nicht mehr.

Aber, frage ich mich, ist der Mangel an Wissen um unser Geschlecht besonders außergewöhnlich? Was hatten wir denn in der Luftwelt schon von unseren Körpern gewußt?, was von den Mysterien der Zellen, den chemoelektrischen Feuerwerken des Nervensystems oder auch nur den Geheimnissen einer befruchteten Eizelle? Gab es nicht auch dort oben viele, die sich im falschen Körper gefangen glaubten?

Herr Reddish zum Beispiel – solche weitreichenden Geständnisse machte er mir allerdings erst nach solider Vertiefung unserer Vertrautheit –, Herr Reddish hatte dort oben gelegentlich in Frauenkleidern vor dem Spiegel seines Schlafzimmers posiert und war hier unten ganz verliebt in den Gedanken, daß der weiß gepunktete, prachtvolle Panzer, in dem er auf seiner Spanischen Tänzerin ritt, der Hochzeitspanzer eines Weibchens war. Wie sah denn ein Imperialgarnelenmann eigentlich aus? Und wie sein Weibchen oder Liebchen? Na eben.

Wir drehten, krabbelten und schwammen und tauchten zwar anscheinend immer noch im Dienst der vermeintlichen Weitergabe unserer Krebs- oder Garnelen- oder Kalmargene, wußten aber von den rätselhaften Hintergründen dieses Geschehens so wenig wie je.

Ganz sicher, ein Männchen zu sein, war selbst ich nur dann, wenn zur Paarungszeit geradezu psychedelische Farbenspiele über meine Haut zu jagen begannen, Spektralfarbenschauer, fließende, wie von innen her leuchtende Muster …, ein Schauspiel, das ohne jede Willensanstrengung einsetzte, wenn eine Artgenossin – oder doch ein Genosse? – meiner Wege schwamm. Ein unter seiner betörenden Farbenpracht erzitternder Riffkalmar, war ich dann auf jede nur erdenkliche Spielform der Sexualität gefaßt. Ob, was ich tat, besonders männlich war oder besonders weiblich, blieb dabei ohne Bedeutung.

Befruchtete gallertige Eier, die ich in den Tagen und Monaten nach der Ekstase wie Lampiongirlanden an den Deckengewölben unterseeischer Höhlen pendeln sah, erzeugten auf meiner Haut kaum einen Schimmer – dies immerhin ein Indiz für meine Männlichkeit. Allerdings war ich mir nicht absolut sicher, ob ich es nicht selber gewesen war, ich!, der in seinem Mutterglück und noch benommen vom Rausch der Fortpflanzungstänze, diese Girlanden dort befestigt hatte. Verheißungsvoll schaukelten sie nun in sanften, dahin und dorthin ziehenden Strömungen. Aber Liebe? Hatte das alles mit Liebe zu tun?

Was für ein Schock, als eines Tages Frau Purpleheart in mein submarines, doppelbödiges Triebleben schwamm. Ich erinnere mich, daß ihre Erscheinung an einem von leuchtendem Plankton fast weihnachtlich gestimmten Abend, das tiefe Rot ihrer Lippen, die flaumigen Här-

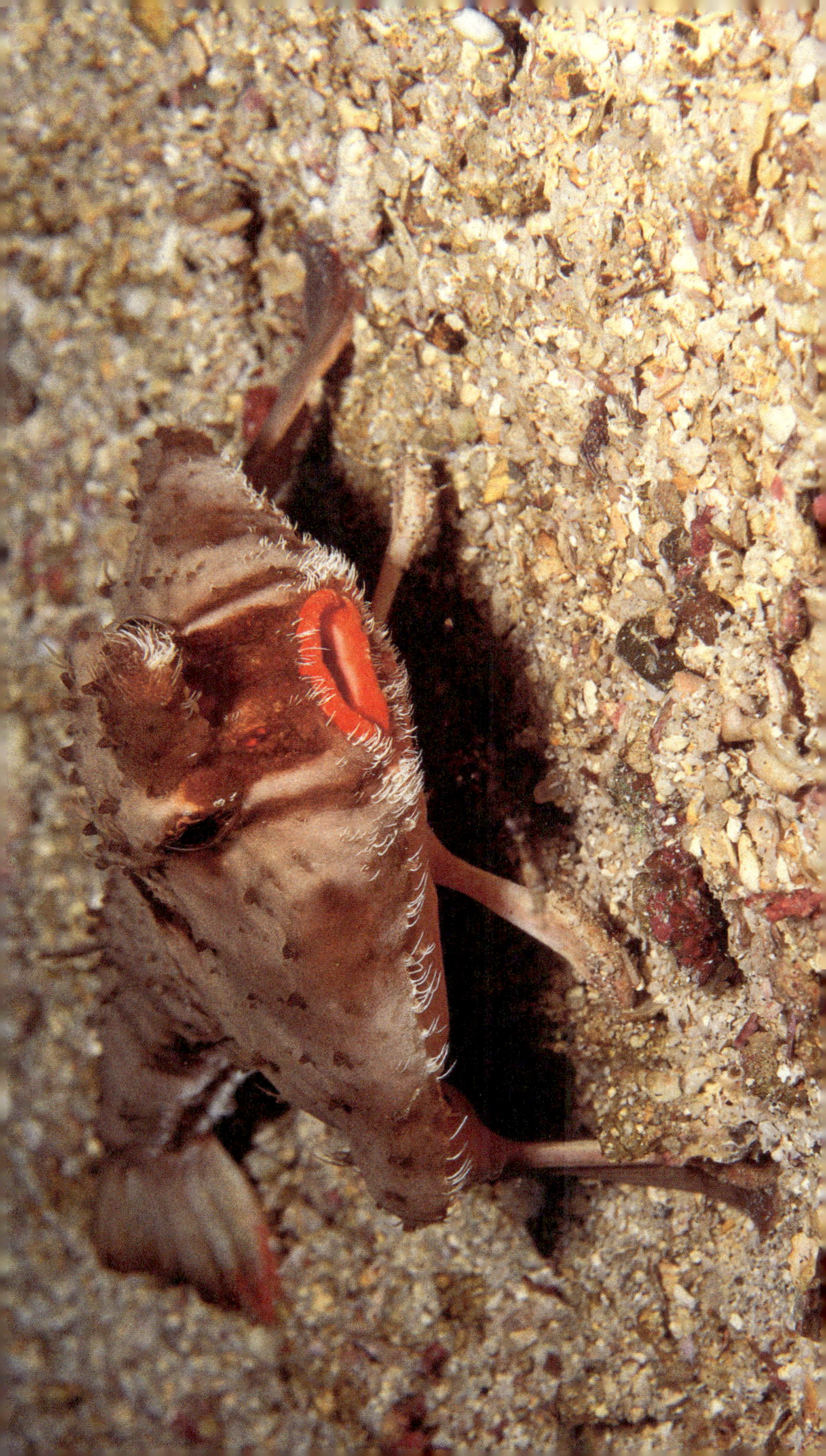

Frau Purpleheart funkt bloß *ich bin, was ich war, ich bin, was ich war.* Denn unter den bemerkenswerten Ehren, die ihr an der Luft erwiesen wurden, blieb ihrer Meinung nach die einer nationalen Schönheitskönigin die weitaus bedeutendste.

chen an ihrem Kinn, ihre zarten Flossen, die ihr nicht nur graziöse Schwimmbewegungen, sondern auch einen exotischen, stelzenden Gang über den Grund erlaubten, nahezu augenblicklich ein solches Begehren in mir auslösten, daß ich meine Greifarme sozusagen verknoten mußte, um nicht über sie herzufallen.

Frau Purpleheart gehörte zwar zu meiner Schicksalsgemeinschaft, aber keineswegs zu meiner Art. Ich war Reddish trotz des herablassenden Funktones in seiner Antwort außerordentlich dankbar, als er mir mitteilte, daß Frau Purpleheart nach Luftweltkategorien zu den *Fledermausfischen* gehörte. Sie selbst interessierte sich in keiner Weise für derlei Klassifikationen.

Ich bin, was ich war, pflegte Purpleheart zu funken, wenn es um ihre Vergangenheit an der Luft ging. Denn unter allen Ehren, die ihr dort oben erwiesen worden waren, blieb ihrer Meinung nach die einer nationalen Schönheitskönigin die weitaus bedeutendste. Purpleheart war in ihrer Jugend als Faschingsprinzessin, Winzerkönigin und sogar als vielbewundertes Nummerngirl bei einem Boxkampf um die Weltmeisterschaft im Schwergewicht aufgetreten (und hatte in den Wochen danach als beneidete Freundin des K.-o.-Siegers einer Frauenzeitschrift und einem Sportsender Interviews gegeben). Auch wenn mich dieser Fledermausfisch in vieler Hinsicht vor dramatische wissenschaftliche Probleme stellen sollte – auf den Ebenen meiner drei Herzen verstand ich problemlos, daß Purpleheart begehrenswert war. In ihrer Nähe begann meine Haut irisierend zu leuchten.

Zwar hat meine Leidenschaft für die Schöne keineswegs nachgelassen, aber mittlerweile bin ich auch als nüchterner Forscher zu dem Schluß gekommen, daß unsere artübergreifende Affäre ein fernes, verklingendes Echo aus unserem früheren Leben sein muß. Natürlich kann dieses Verhältnis weder den Fledermausfischen noch den Riffkalmaren bei der Erhaltung ihrer Art dienen, aber gerade das Zweckfreie unserer Beziehung weist weit über den Meeresspiegel hinaus.

Wenn Purpleheart mir mit ihren Kiemen laues Wasser zufächelt oder mir erlaubt, einen meiner Greifarme Saugnapf für Saugnapf *plop, plop, plop* in einer Art Serienkuß über ihre unglaublich roten Lippen zu führen, dann empfinde ich jenes Glück, das vielleicht nur jenseits der Verpflichtungen zur Erhaltung der Art möglich ist. Schon der bloße Gedanke an einen der zahllosen Kosenamen, die ich ihr zufunke, kann meinen Körper in ein irrlichterndes Farbenspiel verwandeln.

Purplehearts Leben an der Luft war – auch das eine Entdeckung, die mein leidenschaftliches Interesse für sie nur vertiefte – nicht! von der Angst oder dem Haß auf alles Wässrige gezeichnet gewesen, sondern im Gegenteil von einer permanenten, panischen Besorgnis, auszutrocknen, faltig zu werden, zu verdorren, kurz: zu altern.

Selbst in der Blüte ihrer Karriere hatte sie einen geradezu heroischen Kampf gegen das drohende Austrocknungsübel geführt und sich Gurkenmasken auf das Gesicht gelegt, hatte Bäder in Stutenmilch genommen, Feuchtigkeitscremes eimerweise in ihre Seidenhaut einmassiert und weit über das medizinisch empfohlene tägliche Quantum hinaus Quellwasser, Mineralwasser, zur Not sogar fades, destilliertes Wasser getrunken.

In ihrer Angst vor dem Wasserverlust war sie sogar bereit gewesen, ihre Lippen mit unzähligen, von Mal zu Mal schmerzhafter werdenden und dennoch wöchentlich in der Praxis eines Schönheitschirurgen verabreichten Injektionen wieder so voll und schön erscheinen zu lassen wie die eines erblühenden Mädchens. Cellulitis, Orangenhaut, haarfeine Runzeln um Augen und Mundwinkel – Purpleheart hatte jedes noch so kleine Zeichen der Zeit als Wassermangel gedeutet und bekämpft.

Wie jeder Verliebte in der Luftwelt konnte auch ich selbst auf dem Höhepunkt meiner Leidenschaft nicht mit Bestimmtheit sagen, was es war, das mich an Frau Purpleheart fesselte. Reddish, als er noch keine Ahnung von meinem dreifach aufflammenden Herzensfeuer hatte, nannte sie eine *steindumme Tiefseegurke* und war verwirrt, als ihn von mir kein zustimmendes Signal, sondern bloß ein strafender Blick erreichte.

Meine Gefühle für dieses betörende, kindliche Wesen haben wohl mit Purplehearts rührender Beharrlichkeit zu tun, mit der sie ihr *ich bin, was ich war; ich bin, was ich war* selbst in unseren innigsten Momenten wiederholt. Diese unschuldige, maßlose Fehleinschätzung unserer submarinen Existenz rührt mich, bannt mich und läßt mich alle Greifarme und Tentakel immer wieder nach einem Weibchen ausstrecken, das mir im Normalzustand meiner Herzen vielleicht bloß als ein gefundenes Fressen erscheinen würde.

Denn in meiner Liebe zur kindlichen Einfachheit – Reddish lästerte: zur Einfältigkeit! – fand ich schließlich einen ersten Hinweis auf jene Naturgesetze, die offensichtlich allem Zugrundegehen zugrunde liegen: Unsere Verwandlung, besser: Submarinierung, repräsentierte offensichtlich keinen Rückschritt innerhalb des evolutionären Prozesses, sondern ganz im Gegenteil einen dramatischen Fortschritt – vielleicht sogar einen Schritt auf etwas zu, das einmal das Paradies gewesen sein mußte, der Garten Eden, jedenfalls aber Spielplatz, Sandkiste eines namenlosen Schöpfers.

Das aber konnte durchaus bedeuten, daß nach und nach nicht nur Wasserhasser wie Wassersüchtige, sondern alle Bewohner einer allmählich zur Wüste werdenden Oberwelt nach der Vollendung ihres Jahrhunderttausende andauernden Zerstörungswerkes *Huschhusch!* zurück in die Meerestiefe mußten. Und dort heraus aus den Kleidern!, heraus aus den Trachten, den Uniformen, den Panzern von Säugetieren, Wirbeltieren und natürlich und erst recht auch aus jenem wässrigen Körper, der einmal den Titel *Homo sapiens* geführt hatte …

Und dann nichts wie hinein in die Gestalten von Kiemenatmern, Wirbellosen, von Nacktschnecken und Quallen und weiter, immer weiter zurück und hinab, vorbei an den Lebensräumen meiner gegenwärtigen Artgenossen, den Tiefseekalmaren, den Glas- und den Kakadu- und den Ferkelkalmaren bis in die Finsternis elftausend Meter tief klaffender Meeresgräben, hinab zu den Kraterrändern hydrothermischer *Schwarzer Raucher,* in deren giftigen Wolken ein von Sonnenlicht und Photosynthese völlig unabhängiges Leben wirbelt. Erst irgendwo dort unten, am Ende aller Vereinfachungen und simplifizierenden Verwandlungen konnte doch alles noch einmal und alles von vorne beginnen und diesmal vielleicht zu überzeugenderen Resultaten führen.

Als ich Reddish in diese Überlegungen einweihte, klopfte er mit einer seiner Scheren gegen den Mantel der Spanischen Tänzerin und sagte, *hör zu, hör zu!, alter Trampel, auch aus dir kann noch was werden!* Er nahm mich nicht ernst. Ich ließ mir zwar meine Enttäuschung darüber nicht anmerken, zog ihn in dieser Sache späterhin aber nicht mehr ins Vertrauen und blieb überzeugt:

Sprechende, denkende, über Namen, Adressen und Bewußtsein so selbstverständlich wie achtlos verfügende Luftweltwesen gehörten offensichtlich nicht zur Spitze der evolutionären Pyramide, sondern bloß zu deren Fundament, zur breitgestampften Basis, von der sich erst alles wieder verjüngen, verschmälern, einfacher werden und neu aufsteigen durfte bis zu jener Spitze, an der ein letzter und gleichzeitig erster Bestandteil der Ober- wie der Unterwelt in seiner reinsten Form funkelte: das Wasserstoffatom, ein einziges Wasserstoffatom!

Wasserstoff, das mehr als vierzehn Milliarden Jahre alte und damit älteste Element des Universums, entstanden in Millionenbruchteilen einer Sekunde nach jenem Urknall, der wohl eher ein Ur*platsch* gewesen war …, Wasserstoff, mit dem alles angefangen hatte, einem Element, das in der bekannten Materie eintausendmal häufiger vorkam als alle anderen Elemente zusammen und das über die einfachste Struktur aller Elemente verfügte: Zwei Atome dieses Stoffs oxidierten, *verbrannten* mit einem einzigen Sauerstoffatom zu Wasser! Wasserstoff hieß also unser (vorläufiges) Ziel.

Wenn ich Purpleheart voll Stolz von meiner Theorie der erweiterten, sozusagen fortgesetzten Evolution erzählte, machte sie oft einen Kußmund und seufzte *ach, du*. Einmal fächelte sie dabei mit einer ihrer entzückenden Seitenflossen den Exkrementwirbel eines Zebrafisches aus unserem Weg – für sie eine Delikatesse, deretwegen sie ansonsten den Zebraschulen sogar nachschwamm. Aber Verständnis? Sosehr mich das unschuldige Wesen meiner Liebsten auch rührte und mich dazu trieb, sie immer wieder zu umschlingen, Verständnis konnte ich von ihr wohl nicht erwarten.

Wenn wir uns während unserer Promenaden und stillen Stunden in Korallengärten manchmal ohne große Wehmut verblassende Erinnerungen an unsere Kindheit in der Oberwelt zufunkten, gerieten wir immer auch ans Meer, sahen uns an flachen Stränden mit bloßen Händen Kanäle ausheben und mit der Errichtung von Sandburgen und im wahrsten Sinn überflüssigen Verteidigungswällen gegen die Brandung beschäftigt.

Schon damals, funkte ich Purpleheart einmal zu, schon damals sei uns doch eindrucksvoll vorgeführt worden, daß Brandung und Gezeiten jede unserer Schöpfungen zermahlen, auflösen mußten, um uns zur Erfindung und Verwirklichung neuer Sandgestalten, Sandgesichter, Sandkröten zu verführen, zu Festungen, Wehrgräben, Schlachtfeldern, Gärten, Labyrinthen, Liebesnestern, alles aus Sand. Ohne die Flut müßte schließlich alles beim alten bleiben und bloß stumpfer und stumpfer werdend altern, um am Ende doch in sich zusammenzusinken. *Ach du,* antwortete sie, *ach du.*

Wenn wir gelegentlich beide am Heimweh nach den Wolken leiden, nach blühenden Wiesen, den Winden und frischer Luft in den Lungen, trösten wir uns, indem wir weiterschwimmen, einfach weiter, über versunkene Flotten hinweg, von Muscheln besetzte Schlachtschiffe, über brennend vom Himmel gefallene, nun von Korallen und Polypen gefiederte Langstreckenbomber, schweben dahin über einen mit Kisten, Wrackteilen und Fässern übersäten Grund, über korrodierende Container, gefüllt mit allem, was an der Oberwelt jemals begehrt, umkämpft, gepriesen oder verboten war, Nervengiften, nuklearen Abfällen, Munition, Steinkohlen, Maschinen, Tretminen oder Silber- und Goldbarren, für deren Verladung ganze Völker ausgelöscht wurden. Und dann läßt unser Heimweh nach.

Zu den größten Liebesdiensten, die mir Purpleheart erwiesen hat, gehören wohl ihre Erzählungen von einer schwarzen, fabelhaften Nacktschnecke, die an ihren Rändern phosphoreszierend leuchten soll, ein gespenstisch schönes, schweigsames Wesen, das Purpleheart kurz und knapp ihren *Ex* nannte: mein Vorgänger.

Die liebevolle Hingabe, mit der sie von den Vorzügen dieser Schnecke sprach, irritierte mich einerseits, führte mir andererseits aber auch vor, wie tief sich schon die bloße Erinnerung an etwas wie Liebe auch über ausgestandene Rosenkriege, über Mißverständnisse und Trennung hinweg eingraben konnte. Wenn mir ihre Schwärmereien allzu wolkig wurden, versuchte ich sie zu bremsen, etwa mit der Frage, ob es denn nicht die verklärende Kraft der Erinnerung sei, die ihr die *elegante* Erscheinung ihres Ex tatsächlich so *samtschwarz* und seine leuchtenden Ränder tatsächlich so *rotgolden* ins Bewußtsein rief. Aber dann knabberte sie mit ihrem Rotlippenmund an den Saugnapfreihen eines meiner Arme und funkte *mein süßer Kopffüßler wird doch nicht eifersüchtig sein?*

Mir ist Purplehearts Ex bis heute nicht über den Weg geschwommen – oder gekrochen? Wie bewegte er sich eigentlich fort? Purplehearts Funksignal dazu hieß ungefähr: *er fließt!* Trotzdem beginnt mich dieses Phantom mehr als alle anderen meiner Schicksalsgefährten zu beschäftigen. Nicht allein, weil er als der Ex meiner Liebsten über den Meeresgrund – also gut: *fließt*, sondern weil er uns allen hier in seiner edlen Einfalt und stillen Größe auf unserem Weg der zunehmenden Primitivität einen guten Schritt voraus zu sein scheint.

Ohne ihm je anders als in den Lobreden meiner Liebsten begegnet zu sein, habe ich ihn auf den Namen *Greenfinch* getauft, um dem Schwarz und dem Rotgold von Purplehearts Beschreibungen eine etwas profanere Farbe entgegenzusetzen, aber auch, weil mir das *Green* noch auf jener Newton'schen Farbpalette fehlte, die im Verlauf meiner erweiterten Evolution alle Farben zum reinsten, vollkommensten Weiß verwirbeln soll.

Greenfinch war offensichtlich Wasserbauingenieur gewesen, genauer: Staudammbaumeister, und mußte gegen Ende seines Luftlebens Beruhigungsmittel und andere Medikamente gegen nächtliche Angstträume einnehmen, Alpträume, in denen er Dammkronen unter dem Wasserdruck riesiger Stauseen bersten und dann die ungeheuerlichsten Flutwellen davonrollen sah, turmhohe, himmelhohe, brüllende Wasserwalzen, die alles unter sich begruben und nichts hinterließen als Ruinen, Tote, Schutt und einen großen Morast.

Schlimmer als alle diese Traumbilder aber war der nach allen Sintfluten monoton wiederholte Vorwurf, der Dammbaumeister! trage alle Schuld. Er habe in seine Werke nicht genug warnende Klinometer eingebaut, nicht genug Pegel und Pendel und andere, alle Verformungen der Mauern registrierende Meßinstrumente. Der verfluchte Dammbaumeister habe also das Inferno der Wasserkräfte nicht gebändigt, sondern entfesselt.

Greenfinch, erzählte Purpleheart, habe seine Ober-

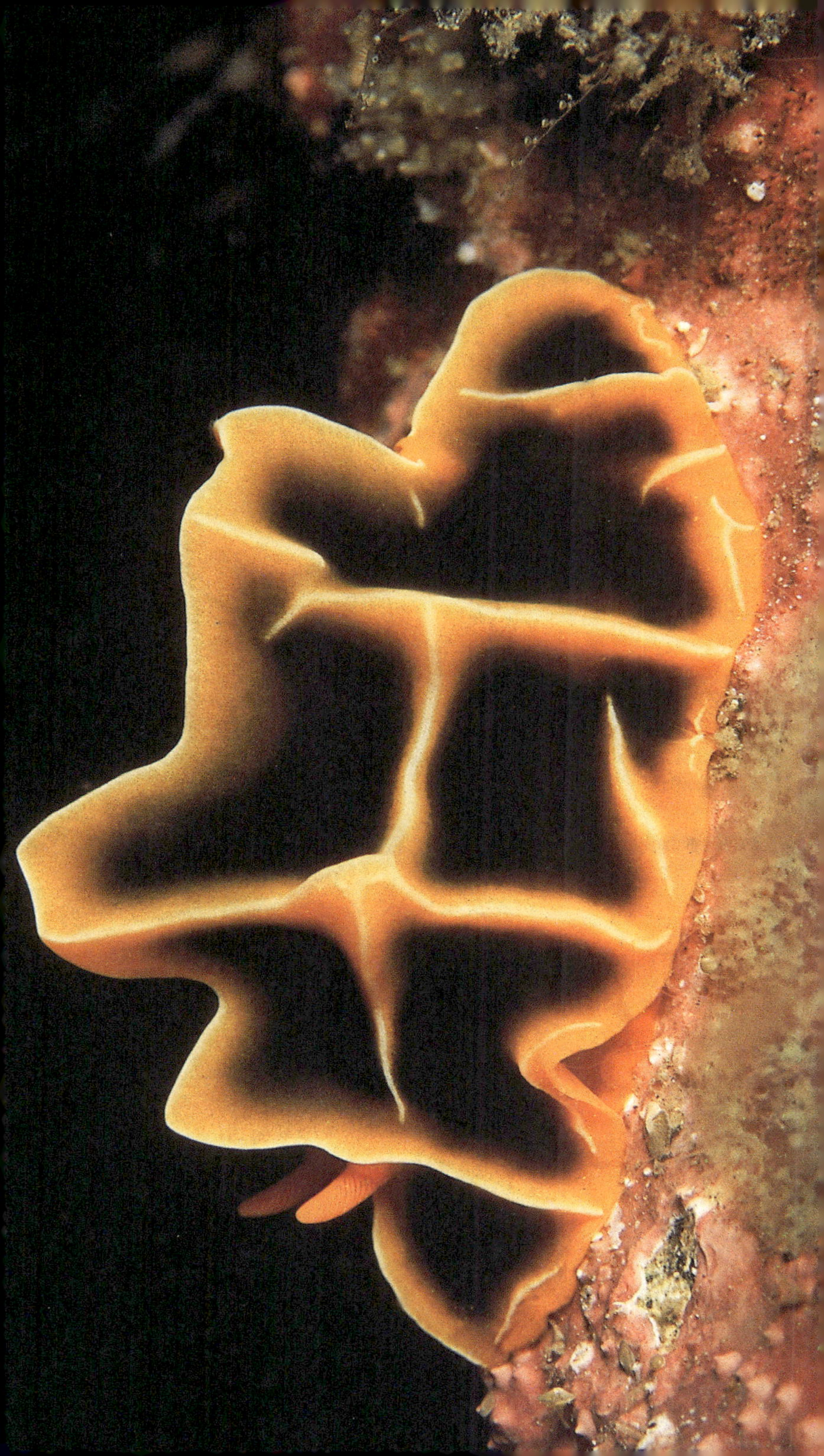

Herr Greenfinch war offensichtlich Staudammbaumeister und mußte am Ende seines Luftlebens Beruhigungsmittel gegen nächtliche Angstträume einnehmen, in denen er turmhohe, himmelhohe, brüllende Wasserwalzen davonrollen sah.

weltträume gefürchtet wie Anfälle von Wahnsinn und sei über diesen Ängsten immer melancholischer, *schwarzgalliger* geworden, bis ihn seine Submarinierung endlich zum *Frieden der Tiefe* befreite.

Natürlich konnte ich nicht umhin, Purplehearts Überschwang wieder einmal zu dämpfen, indem ich sie daran erinnerte, daß selbst hier, in unserer unmittelbaren Nachbarschaft, das Personal des Überlebenskampfes nicht bloß aus zufriedenen, satten Wesen bestand, sondern vor allem aus Opfern: Die Harlekingarnelen etwa in jenem Korallenwäldchen, das Purpleheart gelegentlich im Schlepptau einer Zebrafischschule durchschwamm ... Wußte mein Liebchen denn nicht, wozu diese bunt gepanzerten, wie Missionare der Heiterkeit kostümierten Waldbewohner fähig waren? Die hielten sich Seesterne als Haustiere und trennten ihnen je nach Hunger und Freßlust mit ihren Scheren einen Sternenarm nach dem anderen ab und fraßen die amputierten Körperteile dann vor den Augen ihrer Gefangenen. Und damit nicht genug, entließen sie die Sterne nach ihrer Verstümmelung nicht, sondern vereitelten alle, mit jedem verlorenen Arm mühsamer werdenden Fluchtversuche, um nach der Abtrennung des letzten Sternenglieds auf die dünnen Ersatzärmchen zu warten, die aus den Stummeln nachwuchsen, auf gezogenes Frischfleisch sozusagen, zarter, schmackhafter als das der ersten Ernte. Erst wenn ein solcher Hausstern bis zur Erschöpfung seiner Regenerationsfähigkeit den Hunger der Harlekine gestillt hatte, wurde er seinem Schicksal überlassen, und die Jagd nach einem neuen Opfer konnte beginnen. Der Friede der Tiefe!

Aber – und das versuche ich meiner Liebsten bislang

vergeblich zu erklären – dieser Friede kann ohnedies nicht das Ziel aller Verwandlungen sein. Vielleicht war Greenfinch, ihr eigener Ex!, dieser Einsicht sogar näher gewesen als je einer vor ihm. Er soll ja nach den Erzählungen Purplehearts auch als zur Nacktschnecke befreiter Dammbaumeister immer einsilbiger geworden sein, diesmal allerdings, so vermute ich, nicht aus Melancholie, sondern weil er auf dem Weg der fortschreitenden Vereinfachung nach und nach alle Zeichen der Verständigung, alle Signale und Erinnerungen an die Oberwelt abzustreifen begann.

Für Purpleheart war die äußerste Signalarmut, in der ihre Beziehung zu Greenfinch schließlich endete, nur eine ebenso rätselhafte wie bedauerliche Persönlichkeitsstörung. Was sei denn aber mit einer Schnecke bei aller Liebe noch anzufangen gewesen, die zwar nackt und rotgolden schimmernd wie ein Sinnbild der Verführung durch alle Tiefen kroch oder floß, gleichzeitig aber vollkommen funkstill blieb?

Selbst wenn er meine Wege niemals durchkreuzen sollte, gilt Greenfinch für mich mittlerweile als Wesen der Zukunft: So oder ähnlich einfach muß unsereins erst einmal werden! Aber auch als wirbel- und rückgratlose Primitivlinge werden wir noch lange kein schlichtes Ende gefunden haben, sondern weiter müssen, immer weiter durch alle Verbindungen und Kombinationen der Kohlenwasserstoffwelt hinab, hinauf! zu den simpelsten Molekülen, zwischen denen endlich die Befreiung aus allen Verbindungen winkt: die Verwandlung in einen Schwarm unteilbarer Teilchen.

Erst jenseits dieser famosesten aller Metamorphosen, dort, wo alle Formen und Gestalten wieder bloße Möglichkeit und keine einzige mehr Wirklichkeit waren, durften doch die alten Kräfte von Gravitation und Elektromagnetismus erneut wirksam werden und die verstreuten Trümmerchen dazu verführen, miteinander doch wieder zu liebäugeln, einander doch bitteschön noch einmal anzuziehen und sich dann Herrgottnochmal! wieder zusammenzutun, um niemals gesehene, ja noch nicht einmal geträumte Erscheinungen und Moden der hellen wie der dunklen Materie hervorzubringen, Gestalten und Wesen, grotesker und bösartiger – vielleicht aber, vielleicht, so fischfunke ich meiner zärtlichen Freundin Purpleheart, vielleicht aber auch liebevoller und gütiger, als wir es je waren.

Christoph Ransmayr, geb. 1954 in Wels/Oberösterreich, studierte Philosophie und Ethnologie, lebt nach Jahren in Irland und auf Reisen wieder in Wien.
Seine Romane wurden bisher in mehr als dreißig Sprachen übersetzt. Zuletzt erschien sein Roman ›Cox oder Der Lauf der Zeit‹.

Manfred Wakolbinger, geb. 1952 in Mitterkirchen/Oberösterreich; seit 1980 Bildhauer. Zahlreiche internationale Ausstellungen, u.a.: documenta 8, Kassel; Biennale di Venezia; Museum des 20. Jhdts., Wien.
Seit 1993 Unterwasserfotografie.